일본인 학자가 본 조선의 연극

일본인 학자가 본 조선의 연극

인나미 다카이치(印南高一) 저
김보경 편역

역락

서(序)

상당히 이전의 일인데, 조선에서 지금도 행해지고 있는 농악이라는 것의 이야기를 듣고 우리는 조선의 예능에 관해서 더 깊이 연구해야겠다고 생각하였다.

농악이라는 것은 농업의 신(田の神)을 모시는 제사의 일종으로 중세의 덴가쿠(田樂)[1]를 떠올리게 한다. 농경에 종사하는 사람들이 아침저녁으로 농장에 향할 때나 귀가할 때, 행렬을 이뤄 깃발을 앞세우고 피리를 불고 북을 치고 노래를 부르면서 왕복하는 것이다. 그것이 현재는 위안과 오락을 위한 연예임에 틀림없으나, 풍요를 기원하는 진지마이(神事舞)[2]에서 출발했다는 사실은 쉽게 추정할 수 있다. 예로부터 일상적으로 행해졌던 다우에신지(田植神事)[3]나 덴가쿠, 풍년제(豊年祭り)들 간에는 완전히 동일한 민족정신이 드러나 있으므로, 형식이나 내용상으로도 어느 정도 닮은 점을 생각할 수 있지 않을까.

새삼 말할 것도 없이 우리나라와 조선은 지리적으로 볼 때 가장 가까운 대륙의 관문이다. 대륙과의 교통, 그리고 대륙으로부터의 민족이동 등은 먼저 조선을 경유하여 유사(有史) 이전부터 끊임없이

---

1) 헤이안(平安, 794~1185) 중기부터 유행한 예능. 농경행사의 가무에서 출발하여 나중에는 이를 전문으로 하는 덴가쿠 법사(田楽法師)가 등장하기도 하였다. 무로마치(室町, 1336~1573) 후기에 쇠퇴하기 시작하여, 현재는 민속예능으로 남아있다.
2) 신에게 드리는 제사로서 행해지는 춤. 주로 제식 중에 추는 경우가 많다.
3) 벼의 풍작을 기원하며 모내기를 할 때 신에게 지내는 제사

이루어져 왔을 터이다. 그러므로 특히 서민들 사이에서 발생하여 전승되어 온 예능은 이래저래 서로 영향을 주고받으며 교류해 온 것이 많은 게 당연하다. 따라서 우리들이 조선예능에 대해서 배우고 싶은 점은 상류에서 전해 내려온 무악(舞樂)과 같은 것도 필요하겠지만, 오히려 소위 진지마이와 같은 것을 포함한 민속예능에 중점을 두고 싶다.

이번에 간행된 인나미(印南) 군의 『조선의 연극(朝鮮の演劇)』은 뭐라고 해도 미개척 영역인 만큼 연구의 서설(序說)로서 사명을 다하고 있다고 생각되는데, 특히 연중행사에 나타난 연극적인 제상(諸相)-예를 들어, 농경이나 어로(漁撈)에 관한 예능-에 대해서도 할 수 있는 한 탐방 및 자료 채집을 이루어내 주었다는 점을 매우 높이 사는 바이다.

이 책의 출현은 예능 관계자에게 새로운 시야를 열어주었을 뿐 아니라, 정말로 조선을 이해한다는 의미에서 내선융화(內鮮融和), 일반문화의 향상에 공헌하는 바가 적지 않다고 믿으며 널리 유식자(有識者)들에게 마음으로부터 추천하려 한다.

1944년 9월 1일

가와타케 시게토시[4]

---

4) 가와다케 시게토시(河竹繁俊, 1889~1967)는 일본의 연극학자. 와세다대학(早稻田大學) 영문학과 재학 중 쓰보우치 쇼요(坪內逍遙)의 문예협회 연극연구소(文芸協會演劇研究所)에 들어가 배우 및 연출·조수 등으로 활동하였다. 이후, 와세다대학 교

❘ 서(序)

수년 전, 저자 인나미 씨가 만주 화북(北支, 華北)의 연극 조사에서 돌아오는 길에 경성에 들렀을 때, 하룻밤 인천의 소극장의 연예·볼거리를 안내한 적이 있다. 그때 인나미 씨는 조선의 연극에 대단히 흥미를 가지게 된 모양으로 차 안에서 여러 이야기를 주고받았다.

문화교류의 역사상, 일본과 지나(支那, 중국-역자)의 중간에 게재하는 조선의 존재가 특이하다는 것은 세간에 알려져 있지만, 일인극·무용에 관해서만은 실로 의외라 여겨질 만큼 교섭이 적기 때문에 이따금 조선에는 '연극이 없다'라고 단정하는 것이 통설이 된 것도 무리는 아니라고 생각한다. 그러나 이것이 착오라는 점은 이 분야의 식자들 간에는 이미 판명되어 있다. 고려사의 세가(世家)⁵⁾ 및 악지(樂志)⁶⁾ 등에서 보이듯, 고려시대에 위로는 궁궐 안부터 밑으로는 서민에 이르기까지 당시의 인접 국가 등에 비하여 그다지 손색없는 연예가 존재했던 것이다. 후대에 고영초연(孤影悄然)한 상태가 된 것에 대해서는 반드시 그 이유가 있을 것이다. 그 하나의 이유로

수 및 연극박물관 관장 등을 역임하였으며, 가부키사(歌舞伎史), 비교연극을 중심으로 연극사를 연구하였다.
5) 제후·왕·명족에 대한 기록.
6) 조선 세종 때 왕명으로 정인지 등이 편찬한 고려시대의 정사(正史) 『고려사(高麗史)』 제70권과 제71권에 수록된 고려시대의 음악과 관련한 각종 역사적 사실을 체계적으로 기술하고 특히 민요와 연관된 다양한 자료를 기록한 책.

이조(李朝)의 치국(治國)정책을 간과할 수 없다. 이조는 건국과 동시에 종래의 숭불정책을 유교정책으로 전환하고 현란한 세태를 견실하게 다잡았다. 특히 주자학 하나만을 중시하고 의례는 오로지 주문(朱文)과 가례(家禮)만 중히 여겨 후대에도 준수하였다. 게다가 그것은 이조 말까지 계속되었다. 또한 문무양반이란 특수계급은 이예(禮)를 위해 스스로의 감정을 미라(mirra)화하였다. 이는 음악에서도 마찬가지이다. 이 정신적 정책 이외에 이조의 경제정책으로 인한 원인에도 주의해야만 한다.

양반계급인 자는 이것(연예-역자)과 어떤 관계를 맺는 일은 물론 보는 것조차도 허락되지 않았음은 『세종실록』속 유신(儒臣)의 상소문으로도 확실히 알 수 있다. 이는 고려조(高麗朝)의 풍속이 남아 그 시대에까지 계속되었음을 증명하는 한편, 이조 초기에 이미 그러한 풍조를 빚어내었다고 봐야 할 것이다. 그 대신 행인지 불행인지 고려시대 극의 본연의 모습보다는 매우 조야하기는 하나, 가혹한 경제정책으로 화를 입으면서도 차츰 정치적 배경 없이 지식이 낮은 민중의 지지에 의하여 길게 후대까지 그 전통을 유지했다는 것도 기이한 일이라 할 수 있겠다.

이상은 오로지 가면극 및 인형극에 대한 대내적(對內的)인 예이나,

창극은 앞서 말한 이유 외에 지나 대륙의 연극에서 영향을 받아 일종의 독특한 기형아를 완성했다는 것도 흥미롭다. 오에노 마사후사(大江卿)7)가 말하는 헤이안(平安)시대의 꼭두각시는 이조 말까지 존재한 사당패의 조직과 극히 유사하며, 한 때 떠들썩하게 논의되었던 사자춤은 그 모습 그대로 조선의 시골에서 발견할 수 있다. 그 외에 촌락의 새신(賽神)연극·농민연극·무격(巫覡)무용 등도 동아시아 연극사 연구에 큰 시사를 던져준다고 본다. 이와 같은 여러 의미에서 인나미 씨의 본 저서는 이 방면의 학문을 위한 깊은 의의를 지닌 귀중한 노작(勞作)이다. 부디 등대와 같은 존재인 본 저서의 출판을 계기로 넘실대는 이 학문의 바다에 긴 빛줄기가 비추기를 바란다.

쇼와(昭和) 갑신년 초가을
대구여관에서
송석하8)

---

7) 오에노 마사후사(大江匡房, 1041~1111)는 헤이안 후기의 학자이자 구교(公卿)를 지낸 조정 대신. 본문에서 오에노교(大江卿)라 표기한 것은 이 관직명에서 온 것이라 추정된다. 당시 풍속을 기록한 여러 저술을 남겼는데 그 중 인형조종자에 대해 다룬 『구구쓰키(傀儡子記)』가 있다.
8) 송석하(1904~1948)는 경상남도 울주 출신의 민속학자로 서울대학교 문리과대학 교수를 역임하였으며, 국립민속박물관을 설립하였다.

▎서(序)

조선연극의 기원은 상당히 오래된 시대에서 시작된 듯하다. 그리고 조선의 원시 연극은 대륙적인 연극형식으로부터 이식된 것과 순수하게 조선적인 연극형식과의 교류에 의해 형성되었다고 한다.

그러나 이러한 사실을 문헌적으로 보여줄 것이 지금 우리에게는 많이 없다. 정확한 형태로 조선연극을 역사적으로 엮은 것으로는 김재철 씨의 『조선연극사』9)밖에 없다.

나 같은 자가 관여할 일은 아니지만, 김재철 씨의 『조선연극사』에도 신극 운동 이전의 일에 관해서는 원각사 극장10) 이후의 연극 활동을 언급한 부분에서 신극과 신파연극을 혼동하여 기술한 것으로 보인다. 김재철 씨는 구극(舊劇)에 대한 새로운 연극이라는 선의의 해석에 의하여 일단 신극이라는 문자를 사용한 듯하다. 어쨌든 김재철 씨의 『조선연극사』가 유일하게 체계화된 연극사에 관한 역사적인 문헌임에는 이론(異論)은 없다.

이번에 인나미 다카이치 씨의 노력으로 『조선의 연극』이 출판되는 것은 조선연극 문화 발전을 위해서 경하해 마지않을 일이다.

---

9) 김재철의 대표적인 저서인 『조선연극사』는 그의 학위논문에 기초하여 먼저 『동아일보』에 1931년 4월부터 7월에 걸쳐 발표되었고, 그의 사후인 1933년 5월 한성도서 주식회사에서 발간되었다.
10) 1908년에 세워진 국내 최초의 서양식 극장.

조선연극에 관한 문헌 자료가 적은 오늘날, 『조선의 연극』의 출판은 조선연극에 이바지하는 바가 크다. 인나미 다카이치 씨의 조선연극에 대한 한없는 애정과 성의에 대해서는 감사를 표할 길이 없다.

『조선의 연극』의 발행에 의해 내지(內地) 연극인의 관심이 조선연극운동에 향하고 그로 인해 내선(內鮮)연극의 문화적 교류가 이루어지기를 염원한다.

1944년 초가을

경성에서

안영일[11]

---

11) 안영일(1908~?)의 본명은 안정호로 일본의 좌익극장(左翼劇場) 연구생 과정을 수료한 후 극단에서 활동하였으며, 무라야마 도모요시(村山知義)로부터 연극 연출에 관한 지도를 받기도 하였다. 1940년 귀국 후에는 주로 연출가로 활약하며 특히 신극 연출에서 높은 평가를 받았다.

서(序)

　지금 조선은 다시금 생동하고 있다. 낡은 것을 벗어던지고 새로운 시대의 옷을 차려입는 중이다. 오래된 문화를 지닌 반도가 세계사에 남길 커다란 발자취는 이제부터 기대되는 바가 크리라.

　수천 년의 역사에서 배양되어 온 그들의 연극도 또한 새로이 단장하였다. 짐작컨대 조선의 연극은 조선의 다른 예술과 마찬가지로 기구한 운명을 겪고 있다. 그러나 그들의 슬픈 심정을 붙드는 연극이 온갖 악조건에 시달리면서도 망해서 사라지지 않는 것은 그들의 예술의 마음, 그 넓이보다 깊이 덕분일 것이다.

　이번에 조선을 잘 아는 인나미 다카이치 씨가 쓴 『조선의 연극』은 어쨌든 자기 자신의 예술에 무관심했던 반도 사람들에게 그 잠들어있는 예술의 마음을 흔들어 깨울 하나의 큰 경종이다.

　이 책을 엮으면서 사라져가는 연극의 운명에 눈물을 흘리고, 새롭게 탄생하고 있는 연극에 희망을 품을 때, 저자의 마음속에는 실로 절실한 무엇이 있었을 것이다.

　이 책은 조선의 연극을 각 부문에 걸쳐 그 탄생부터 설명하기 시작하여, 시대의 변천에 따라 시절의 성쇠는 있었으나 오로지 한 방향으로 발달해 오다가 이조와 함께 사라져 간 낡은 연극의 발자취를 쫓고, 나아가 최근에 발흥(勃興)한 신극까지 다룬 유일한 저서이다.

그만큼 식자 및 반도인들에게 많은 문제를 제기하고 있다.

나는 이러한 작업이 조선의 동포들 스스로에 의해서도 더 깊이 연구되어 조선연극에 많이 이바지하기를 절실히 바라는 바이다.

그리하여 이 책이 조선의 연극계에 꽃을 피우고 열매를 맺게 할 것임을 조선의 연극을 사랑하는 이로서 믿어 의심치 않는다. 이것이 굳이 일반사회에 이 책을 추천하는 이유이기도 하다.

1944년 9월

에도(江戶)강가의 오두막집에서

신래현(申來鉉)[12]

---

12) 『조선의 신화와 전설(朝鮮の神話と傳說)』(一杉書店, 1943)의 저자.

▌자서(自序)

나는 조선이 좋다.

먼저 첫째로 그 풍토, 그리고 인정, 그 모두가 나에게는 큰 매력이다.

이 책은 그 하나가 드러난 것에 지나지 않는다.

『조선의 연극』이라는 화제에 관해서는 아마도 조선에서 태어나 조선에서 자란 사람들조차 그다지 관심이 있다고는 할 수 없다. 내지에서는 전문 연극인마저 무관심하고 냉담하다. 아니 이는 연극 하나뿐만이 아니다. 조선에 관해서 우리는 너무나 지나치게 무관심했다. 이는 틀림없이 좋지 못하다고 나는 생각한다.

화려하지는 않지만 여하튼 이천 년에 달하는 유구한 조선연극사를 읽고 그 타고난 호극성(好劇性)을 생각하며, 또 나아가 왕성한 신흥연극의 현상(現狀)과 장래에 대한 의욕을 알게 될 때, 연극이라는 좁은 범위의 세계이긴 하지만 이는 우습게 볼 일이 아님을 깨닫는다.

이 책은 말하자면 누덕누덕 기운 작업복인 체하고는 있지만, 조선연극의 전모를 짐작하기 좋게 만들기는 하였다.

자주 내선일체라는 말을 듣기도 하고 입에 올리기도 하는데, 단순히 위정적인 정책으로만 그 이상이 구현될 것이라고는 생각지 않는다. 가장 중요한 것은 좋아하게 되는 일이라 생각한다.

그것에는 음악이라든가 무용이라든가 연극이라든가 소위 예능에 의한 감정의 직접적인 접촉이 가장 효과적이다. 예를 들어 나 또한 조선의 음악을 듣고 조선의 무용을 보며 조선을 좋아하게 된 한 사람이기 때문이다.

본서의 간행까지 참으로 많은 분들에게 신세를 졌다. 먼저 첫째로 서문을 주신 여러 선배들. 그중에서도 젊은 나이에 세상을 뜬 연극학도 김재철 씨의 유작 『조선연극사』는 이 책의 토대가 되었다. 그 번역 및 정노식 씨 저 『조선창극사』[13]의 역술에 관해서는 학우 신래현 군에게 많은 조력을 받지 않을 수 없었다. 또 신극의 동향에 관해서는 안영일 씨에게 재료를 받고, 인형극 및 가면극의 대본 게재는 조선 민속학의 권위인 송석하 선생님의 혜려(惠慮)에 의한 부분이 크다. 또 여러 선배의 저서, 자료를 무단 인용한 무례를 여기서 깊이 사죄드린다.

1944년 9월

저자

---

13) 『조선창극사(朝鮮唱劇史)』는 정노식이 집필한 판소리에 관한 저서로 1940년 1월 조선일보사출판부에서 발행하였다.

▌역자 서문

본서는 식민지기인 1944년 일본의 연극학자인 인나미 다카이치 (印南高一, 또는 인나미 고이치)가 저술한 『조선의 연극(朝鮮の演劇)』(北光書 房, 1944年)을 편역한 것이다.

인나미는 일본 와세다대학 연극박물관(早稻田大學坪內博士記念演劇 博物館)에 신설 당시부터 오랜 기간 재직하는 한편, 동대학 문학부 에서 20여 년 간 연극학 및 영화학을 가르쳤던 인물로 특히 동양 연극에 큰 관심을 지니고 있었다. 그는 30년대 초 일본 정부당국 과 만철(南滿州鐵道株式會社)의 요청을 받고 조사원 자격으로 조선, 만주 및 몽고 등으로 건너가 해당 지역의 연극에 대한 조사활동을 하였는데, 『조선의 연극』에도 이때 조사한 내용이 상당 부분 반영 되어 있으리라 짐작된다. 예를 들어, 『조선의 연극』에서 많은 부 분을 차지하는 조선의 고전극에 대한 소개(가면극, 인형극, 판소리)는 저자가 자서(自序)에서 밝히고 있듯이 조선의 연극학자 김재철과 정노식의 저서를 참조한 것이다. 그런데 그 내용이 두 학자의 저 서를 거의 그대로 일본어로 번역한 것에 지나지 않는다는 점은 조 선연극에 대한 연구가 많이 이루어지지 않았던 당시의 상황을 방 증하기도 한다.

물론 단순한 번역에 지나지 않는 내용이라 할지라도 조선연극이라는 미개척 분야의 새로운 자료를 일본 연극계에 소개한다는 점에서 당시에는 큰 의의가 있었을 것이며, 조선과 일본의 저명한 연극계 인사들 여럿이 서문을 싣고 있다는 점에서도 『조선의 연극』이 지닌 권위는 짐작할 수 있다. 그러나 현재 한국 독자들에게 식민지기 일본인 학자의 조선연극에 대한 견해를 소개하려는 본서의 목적을 고려할 때, 위와 같은 기존 조선 학자들의 연구서를 그대로 번역한 부분을 다시 한국어로 옮기는 것은 취지에 어긋난다고 판단하였다. 따라서 본서는 조선의 고전극을 다룬 부분을 제외하고, 아직까지 번역을 거쳐 국내에 소개되지 않은 부분을 중심으로 한국어로 옮겼음을 밝혀둔다.

본서의 내용을 간략히 정리하자면, 우선 제1장에서는 조선연극에 대하여 개괄적으로 소개하고 당시 조선연극의 현황에 대한 저자 인나미의 견해를 제시하고 있으며, 제2장에서는 조선연극의 원류라고 할 수 있는 각종 연중행사 및 예능을 크게 다섯 가지로 분류하여 소개하고 있고, 제3장에서도 역시 연극의 원류 중 하나인 음악에 대해 고구려 및 삼한시대를 중심으로 그 발전과정을 기술하고 있다. 마지막 제4장은 당시 조선 신극의 현황을 다루며 이에 대한 저자의 의견과 앞으로 조선 신극이 나아가야 할 방향을 제시하고 있다. 이 같이 본서에 수록된 내용, 특히 제1장과 제4장의 내용은 일본인 연극학자가 당시 식민지였던 조선의 문화와 연극을 어떠한 시선으로 바라보았으며, 조선의 문화, 조선인의 특질을 어떻게 당시의 식민지 담론과 전쟁이 막바지로 치달았던 시대적 상황에 맞추어 서술하였는지를 잘 보여주는 의미 있는 자료라 생각된다.

일본 근현대 문학·문화를 전공한 역자에게 조선의 전통 예능과 연극에 관한 글을 번역하는 일은 쉽지 않은 작업이었다. 특히 조선 각 지방의 연중행사를 소개하는 부분은 배경 지식이 충분하지 못하여 어려움을 겪었는데, 이러한 부분은 반드시 관련 분야의 저서를 참고하여 필요한 정보는 각주로 제공하는 등 정확한 번역이 되도록 만전을 기하였다. 내용뿐 아니라 저자의 장황한 문체와 빈번히 나타나는 주술의 호응이 이루어지지 못한 문장들 또한 고민의 대상이었다. 다소 미진한 부분이 있겠지만, 최대한 원문에 충실하면서도현재 한국 독자들이 읽기에 불편함이 없는 문장으로 옮기려 노력을 기울였다.

본서의 번역 작업이 연구자들뿐 아니라 해당 분야에 관심이 있는 일반 독자들에게도 도움이 되기를 바라며, 끝으로 세심한 원고 편집과 배려로 보다 완성도 있는 책으로 간행될 수 있게 해주신 역락 출판사 편집진께 감사드린다.

2016년 3월

김보경

┃차 례

┃ 일러두기

1. 본서는 인나미 다카이치(印南高一)의 저작 『조선의 연극』에 수록된 내용을 편역한 것이며, 번역에 사용한 저본은 印南高一 『朝鮮の演劇』(北光書房, 1944年)이다. 저자명은 일반적으로 인나미 고이치로 알려져 있으나, 『조선의 연극』의 경우 스스로 인나미 '다카이치'라 병기하고 있어 이에 따랐다.

2. 연호는 원칙적으로 서력으로 표기하고, 필요한 경우에는 원저의 일본 연호 표기를 따랐다. 본문에서 언급되는 일본의 연호의 각 시기는 다음과 같다. 메이지(明治) 1868년 9월 8일~1912년 7월 30일, 다이쇼(大正) 1912년 7월 30일~1926년 12월 25일, 쇼와(昭和) 1926년 12월 25일~1989년 1월 7일.

3. 지명은 되도록 현행 표기에 맞추려 하였으나, 시대적 상황을 고려하여 당시 일본인 학자의 동아시아 지역에 대한 인식이 드러난 지명의 경우, 현재는 다소 문제가 있는 표현이라 여겨질 수 있겠으나 원저에 사용된 당시의 표기를 그대로 살렸다.

4. 본서의 제1장부터 제3장까지의 내용은 원저의 제1편(第一篇 序說)에 해당하는 내용이며, 제4장은 원저의 제3편(第三篇 朝鮮の新劇)의 내용을 옮긴 것이다.

제 1 장

조선연극의 성격

1. 예능의 민족-조선

현재 조선의 연극을 말하는 일은 결국 조선의 원시 민속 예능을 말하는 것이 된다. 그것은 최근의 내·외지 신극의 영향에 의한 신극의 세계를 제외하면, 아마도 조선의 연극을 형성하는 모든 것이 엄밀한 의미에서 연극의 범주에는 속하지 않고, 소위 넓은 의미의 예능으로서 존재하는데 지나지 않기 때문이다. 본고의 중심을 이루는 가면극을 비롯하여 인형극, 구극(舊劇)의 세계라 하더라도, 오늘날의 연극 상식에서 규정하거나 또는 일본의 연극, 특히 그 유형이나마 이미 연극으로서의 완전한 형태를 지닌 노가쿠(能樂)[1], 인형극, 가부키극 등과 비교한다면 그것은 오히려 오늘날 이야기하는 예능, 민속 연예와 유사한 것이라 말해야 할 것이다. 거듭 말을 바꾸어 정의(定義)하자면 넓은 의미의 극예능, 영어의 시어트리컬스 (Theatricals)에 해당하는 범위 밖에는 없다. 그리고 일반에서는 예능 이라는 말을 연극적 예술 전부를 일괄하는 것, 즉 음악·무용·가

---

1) 일본의 전통예능으로 중요 무형문화재 및 유네스코 무형문화유산에 등록되어 있다.

요·연극·연예·영화·라디오까지를 포함하는 것으로 다루고 있으나, 여기서는 더욱 범위를 넓혀 조선 민족 고래(古來)로부터 전승된 연중행사의 극적행위까지를 포함하여 생각하기로 하였다.

일본 연극의 발생 및 발전 과정은 2600년 혹은 적어도 1500년의 연극사에서, 500여 년 전에 탄생하여 먼저 대성(大成)한 노가쿠로 하여금 일본 연극의 확립이라 간주하는 것도 좋고, 더욱 내려와서 300여 년 전 탄생하여 오늘날에 이르는 가부키극으로 하여금 일본 연극의 한 형태를 세웠다고 하는 것도 좋으며, 또 분라쿠자(文樂座)[2]가 인형극으로서의 완전한 스타일을 구비하기에 이른 것 등 또한 그 좋은 예증이라 해도 좋다. 하지만 어찌 되었든 결국 무수한 우여곡절을 거치면서 게다가 원시적인 예능성을 탈피하여 각각 독자의 순(純)연극을 수립한 것이다. 즉, 시대적으로는 헤이안(平安)의 아악(雅樂), 무악(舞樂)의 대성은 잠시 차치하더라도, 가마쿠라(鎌倉)시대의 노가쿠의 완성, 에도(江戶)시대의 인형극, 가부키극의 대성 등은 각각 그 선행예능인 덴가쿠(田樂), 사루가쿠(猿樂)[3] 또는 가이라이(傀儡, 꼭두각시-역자), 넨부쓰오도리(念佛踊り)[4] 등 소위 연극 이전의 미완성품으로부터 완전히 연극으로 인정받을만한 것으로의 진화 발전을 나타내는 것에 다름 아니다. 게다가 이 단기간의 원시예능으로부터의 탈피와 연극적 완수야말로 일본의 연극이 세계 연극사에서 가장

---

2) 일본의 전통 인형극인 닌교조루리(人形淨瑠璃)의 극장, 또는 그 극장을 본거지로 하는 닌교조루리 극단의 이름.

3) 가마쿠라 시대에 행해진 익살스러운 동작 및 곡예가 주를 이루는 연극.

4) 염불을 외우면서 춤추는 일본의 전통 예능.

자랑으로 여기기에 마땅한 일이며, 우리 야마토(大和) 민족의 편집(編輯)재능의 우수성을 여실히 이야기하는 것이라 간주해도 될 것이다.

반대로 조선의 연극을 생각할 때, 군사적으로도 또 정치적으로도 몇몇 시대적 변천의 흐름은 있었지만, 반도인 특유의 연극 애호(愛好) 성향으로 미루어볼 때 긴 반도사(史)의 몇 페이지인가는 조선연극사로 채워질 수 있으며 적어도 우리 예능에도 견줄 만한 또는 가부키극과도 비견할 만한 연극의 성과가 마땅히 있을 것이라고 우선은 생각한다.

여기서 말한 연극 애호 성향이란 말에 관해서는 한 마디 설명이 필요하겠다. 후술할 연중행사의 연극적 동작 즉, 음악, 무용 등에 나타난 즉흥적이고 열정적인 표현이 얼마나 우리 내지인이 미치지 못하는 기교와 극적 정열을 지니고 있는지가 그 하나의 증거이며, 최근의 연극 또는 영화배우의 연기가 그 짧은 역사와 경험에도 불구하고 우리 배우를 능가할 정도의 기량을 지닌 부분이 있다는 것도 또한 이를 뒷받침하기에 충분할 것이다. 이 밖에도 여러 예증은 그들이 천성적으로 연극을 애호하고, 아마추어라도 이미 어엿한 배우라고 할 만하다는 것을 설명해준다.

그런데도 극히 최근, 즉 신극 또는 신흥연극 혹은 영화 등의 세계에서 그들이 그 천성을 발휘할 수 있게 되기 전까지는 순수한 예술로서의 연극을 창조하지 못했다는 것은 실로 불가사의한 현상이라고 생각할 수밖에 없다. 따라서 엄밀한 의미에서 조선에는 연극사가 성립하지 않는다. 첫째로, 조선과 연극이라는 이 문제는 일반에서는 생각해본 적조차 없을 것이다. 상당히 고도의 연극사가나 연구가조차도 생각하지 못했다는 것을 확신할 수 있다. 하물며 무지한 반도의 일반인이나 우리들이, 연극적 의식을 가지고 조선의 연극적 현상을 주시하지 못한 것 또한 무리는 아니었다.

다른 이야기이지만, 최근이라고 해도 1940년 뉴욕의 크라운에서 발간된 버나드 소벨이 편찬한 『연극입문』(The Theatre Handbook)[5]이라 칭하는, 말하자면 연극 백과전서는 특히 조선의 연극에 관해 대략 150행, 거의 일본의 연극과 동등한 분량을 써서 설명을 더하고 있다.

이 하나의 예를 가지고 추단(推斷)하는 것은 너무 조급하지만, 지나 만주는 말할 것도 없거니와 남방을 포함한 동아(東亞) 각지의 일반사항은 물론, 특히 문화사항에 관한 연구조사에서 유감스럽게도 일본은 여러 외국에 비할 바가 아니었다.

---

5) Bernard Sobel, *The theatre handbook and digest of plays* (New York: Crown, 1940).

2. 연극 부진의 원인

(1) 유교의 영향

문화라는 점에서는 일찍이 우리의 스승이자 선진국이었던 조선이 아직 노가쿠나 가부키극에 견줄만한 연극 문화를 지니지 못하고, 있는 그대로의 원시적인 형태를 오늘날까지 전승해온데 그친 이유는 무엇일까. 그 근원을 규명하는 일은 공연히 과거의 악몽을 되풀이하여 꾸는 것이 아니라, 그야말로 마땅히 와야 할 조선 신문화의 수립을 위해서 가장 좋은 양식이 되어야만 할 것이다. 그와 동시에 지난 일본 문화의 발전 과정과의 대비에 의한 우리 국민성 확인에 하나의 시사가 될 수도 있을 것이다.

유교 논리를 국교로 하여, 또 불교를 나라의 종교로서, 교육과 법과 신앙의 위력으로 긴 세월 단련된 가족제도를 기본으로 한 가문의 존중, 존속에의 절대 복종, 자효부정(子孝婦貞), 남녀유별, 장유유서 등 이러한 예속의 미풍은 우리나라에서는 매우 순조롭게 정비되고, 상하의 계급을 통하여 보편화하였다. 그리고 그것이 국민의 사상 감정생활의 기조가 됨과 동시에, 사상 감정의 구체적 표현인 모든 예술, 특히 노가쿠, 닌교조루리극,[6] 가부키극 등 고전극의 내용에 담겨 우리 고전의 한 특질을 구축하였다. 따라서 시대의 반영에 따른 형식의 상이함은 있으나, 그 근저에 흐르는 공통적인 사상과 감정은 어떠한 형태에서 유교적이며 종교적이고, 특히 불교적이었다. 자연히 유일한 오락의 대상이었으며 동시에, 당시의 사람들에게는 무엇보다도 마음 수련의 도장(道場)이기도 하였다. 거기에 이들 고전극의 연극적 존재 가치가 있으며, 사회적 사명이 있었다.

한편 조선에서는 불교가 우리나라만큼 국민의 생활감정에까지 충분히 침투했다고는 할 수 없지만, 적어도 유교는 외면적인 형식으로는 잘 정비되어 한 집안의 예행(禮行)과 같은 것은 주자가례(朱子家禮)를 그대로 의궤로 삼는 등, 거의 그들의 생활감정을 지배한 듯한 느낌이 있었다. 특히 이조를 중심으로 한 상류계급인 양반의 세계에서 그 경향은 두드러졌다. 따라서 본질적으로는 당연히 그 사상이나 감정, 생활을 여실히 구현해야 할 연극이 어떠한 형태로든 그것을 표현해야만 했다. 그러나 완전한 연극에까지 앙양(昂揚)되지 못하고 단지 생활의 행사로서, 원시예능, 민속예능인 채로 오늘날까지 넘겨져 버렸다. 그것은 유교가, 또는 그 전칙(典則)을 그대로 규범으로 삼은 생활이 연극의 발전을 조성한 것이 아니라, 오히려 그 교의(教義), 철칙으로 인해 진전을 방해받은 것에 다름 아니었다. 따

---

6) 닌교조루리(人形淨瑠璃)는 에도시대에 발생하여 오늘날까지 약 300년간 전승되고 있는 일본의 전통 인형극으로 분라쿠(文樂)라 부르기도 한다.

라서 그 가르침이 생활감정의 전부인 양반의 세계에서는 연극적 오락을 사도(邪道)라 여기고, 적어도 외면적으로는 이를 비하하였다. 자연히 이들 직업에 종사하는 자, 예를 들어 인형조종자(傀儡子)나 창우(倡優) 등을 천민으로 취급했던 일은 흡사 우리 가부키 배우를 어느 시대까지는 천인(河原者)이라 칭하였던 것과 유사하다.

여기서 설명이 필요한 것은 조선의 사회 계급에 관해서이다. 1910년의 한일합병 전까지는 조선의 사회는 양반·중인·상민(常民)·천민의 네 계급으로 구성되어 있었다. 양반이란 문무의 대신, 또는 학덕이 높은 학자를 배출한 집안이 좋은 명문의 일족으로, 문무의 사관이 될 만한 자격이나 그 외의 특권을 지니고 있었다. 중인은 전의(典醫), 통역 또는 한정된 관직에 있는 자의 일족으로, 문벌, 교육이 상민보다는 다소 높은 자들이다. 상민은 농공상(農工商)을 업으로 하는 자들로 우리의 평민과 동일하며, 천민은 상민의 집단에도 들어가지 못한 최하층으로 백정, 노비, 여기에 앞서 언급한 인형조종자, 창우, 예인(藝人) 등이 이 계급에 속해있었다. 이와 같이 양반이 보기에는 당시의 연극인이란 몇 계급이나 아주 낮은 층에 위치한 노비에 지나지 않았고, 아마도 정당하게 인간으로서 취급받지 못했음에 틀림없다. 게다가 양반의 권위란 우리가 상상하고도 남는 것이었을 테니, 아무리 다른 계급의 사람이 연극의 애호자이자 천성적으로 무대를 좋아하는 민족이었다 할지라도 그 권위와 유교적인 체면을 이겨내지 못하고, 권력자에게는 굽히자는 주의와 노예근성이, 결국에는 자라야 할 싹을 크도록 하지 못하고 이를테면 발육부진으로 끝나게 하고 말았던 것이다. 특히 역사적으로 말하자면 모든 문화와 똑같이 연극 또한 이조시대가 그야말로 암흑시대였기에, 그 이전에는 저 고구려의 음악을 비롯하여 각 시대 모두 각각의 특색 있는 여러 예능의 속출을 볼 수 있었다. 만일 조선 옛 문화의 집대성 기여야 할 이조에, 예를 들어 노가쿠를 완성하는데 힘이 되었던 다카토키(高時),[7] 혹은 요시미쓰(義滿)[8] 중 한 사람이라도 양반 또는 왕가에서 나왔더라면, 조선의 연극사도 우리 일본 연극사에 어느 정도는 비견할 만한 가치를 지닐 수 있었을 것이다. 그 소질을 충분히 지녔으면서도 이를 길러내야 할 환경과 바른 육성 기관이 없었던 것은 조선의 연극에는 참으로 불행이었다는 점은 말하지 않을 수 없다.

이 점 우리 일본의 연극은 실로 축복받았다는 것을 새삼스럽지만 통감한다. 극히 간단하게 사적(史的)인 조감을 시도해보아도, 예를 들어 외래의 악무 등을 받아들여 이루어진 무악이라고 해도 또 덴가쿠, 사루가쿠(猿樂)[9] 등 당시의 민간 연예를 집성하여 이루어진 노가쿠라 하여도, 나아가 또 이들의 제(諸)요소에 인형극 등을 가미하

---

7) 가마쿠라시대 말기의 호조(北條)씨 혈통가문인 도쿠소가(得宗家)의 당주(堂主) 호조 다카토키(北條高時)를 가리킨다. 다카토키는 가마쿠라 막부 제14대에 집권하였는데, 투견과 덴가쿠의 애호가로 유명하였다. 덴가쿠는 가마쿠라시대에 들어와 연극적인 요소가 가미되어 '덴가쿠노(田樂能)'라 불리게 되었는데, 다카토키는 특히 이에 심취했다고 전해온다.
8) 무로마치 막부 3대 쇼군(將軍)인 아시카가 요시미쓰(足利義滿)를 가리키는데, 그는 노의 후원자로 유명한 인물이다.
9) 일본의 고대, 중세 예능의 하나.

고 간을 맞춰서 만들어낸 가부키극이라 해도 각각 헤이안, 가마쿠라, 에도라는 각 시대를 반영하여, 그 시대를 대표하여 생긴 연극이었다. 따라서 무악도, 노가쿠도, 가부키극도 역시 그 시대의 사람들, 당시의 천황을 먼저 받들고 쇼군(將軍), 구게(公家), 무사, 승려부터 백성 조닌(町人)에 이르기까지, 사회의 모든 계급이 각자의 기호에 따라서 그 완성에 조력하였다. 가부키극과 같은 것은 에도 조닌이 낳은 대표적인 예능으로, 외면적으로는 조선의 양반처럼 유교적인 교양이 다분한 무사 계급의 제제와 탄압을 받으면서도 소극적이지만 음지의 보호를 받고, 더욱 자유분방하게 쑥쑥 성장해갔다. 따라서 작자도 마음껏 작의(作意)를 표현하는 것이 가능했으며, 연기자도 또한 예도(藝道) 삼매경으로 외길의 배우 수행을 할 수 있었다. 자연히 연극이 완전히 직업화하고 경제적으로도 독립할 수 있게 되어 도시와 시골을 막론하고 일본의 독자적인 극장 건축의 발달을 보았으며, 여기에 현란한 가부키극의 세계가 수립된 것이다.

바꾸어 말하자면, 모든 연극 가릴 것 없이 극예술, 예능문화의 세계는 다른 문학, 미술 등의 여러 예술과 다르게 민중의 기호와 갈망을 기초로 탄생하며, 나아가 이를 조성하는데 사회의 모든 계급, 특히 위정자의 보호와 장려를 가장 필요한 조건으로 한다. 다행스럽게도 일본에는 각 시대에 모두 그것이 존재하였다. 불행하게도 조선에는 민중의 갈망이 있었고, 또 그 맹아는 있었지만, 이를 지원하고 조성할 무엇도 없었다. 그 원인의 하나를 나는 유교의 영향이라고 말하고 싶다.

(2) 경제생활과 연극

완전한 연극의 생성을 보기까지 이르지 못했던 제 2의 원인으로, 전 조선에 걸쳐서 일반적으로 말할 수 있는 것인데 경제생활의 빈곤을 들 수 있다.

축복받은 자연도 없고 경제적으로도 비교적 빈약한 노르웨이가 입센[10]을 낳은 예외는 있고, 근대극의 프롤레타리아 연극이 일시적으로 융성했다는 역사적 사실은 있다고 해도, 그것은 한 천재의 소산이거나 정치·정책의 일구(一具)로서 도움이 되게 한 이례에 지나지 않는다. 게다가 둘 다 다름 아닌 근대 도시문화 발전 후의 현상이다. 따라서 아마도 연극의 융성 발전에 가장 필요한 조건 또한, 그 시대의 사회생활이 가장 풍부하고 경제생활이 가장 풍족하지 않으면 안 되는 것이다. 이 사실은 동서의 연극사가 많은 예증을 들며 설명하고 있다. 가부키극은 에도의 시민, 금권(金權)을 확보한 에도의 조닌계급이 낳은 연극이라는 점은 말할 것도 없으며, 셰익스피어극 또한 엘리자베스 시대의 풍족한 시민생활이 빚어낸 그 시대의 대표 문화이며 연극이었다.

구미(歐美)에서는 입센, 일본에서는 메이지 이후의 신극 부흥 후의 각종 연극은 반드시 이에 해당되지는 않지만, 그 이전에는 연극 성립을 위해서는 항상 경제적 조건이 기반이 되었다고 할 수 있다. 생

---

10) 헨리크 입센(Henrik Ibsen, 1828~1906). 『인형의 집』(1879)으로 유명한 노르웨이의 극작가.

활의 안정이 없으면 오락도 없다는 법칙과 연극 즉 오락이라는 그 시대의 연극을 대조하여 생각할 때, 경제생활이 얼마나 연극 수립의 중요한 척도였는지를 알 수 있다.

그런데 조선에서는 물자의 빈곤은 경제생활의 향상을 방해하였고 따라서 사회 진화의 발전을 지연시켰을 뿐 아니라, 일반 문화의 추진력까지 저지하고 말았다. 하물며 연극의 확립 따위는 기대할 수도 없었다. 즉 극도로 절약하는 생활은 조선 민중이 중농주의(重農主義) 하에서 자족자급하는 것에서 오는 필연이었다. 그것은 심미 감각이 발달할 방도도 없고, 고도의 연극을 감상할 의욕도 일지 않으며, 단지 그 날을 살아내는 것에 지나지 않는 지극히 소극적인 것이었다. 그 때문에 일상생활에서도 그 안정감을 위협받는 것에 무엇보다도 불안을 느끼고, 이를 제거하는 것에 전심하였다. 여기에 오히려 조선의 연중행사가 비교적 다양성을 지니고 존재하는 이유가 있으며, 특수한 무격(巫覡)의 존재가 있는 것이고, 원시적인 형태 그대로 예능이 존재하는 이유가 있다.

그리고 한편으로는 양반 계급은 권세를 쟁탈할 틈도 없이, 가까이 있는 갈망에 찰나의 쾌락에 빠져 구차하게 의식주의 화려함과 총애가 많음을 과시하는데 바빠서 적극적으로 문화의 향상에 협력하려는 의지도 정열도 없었다. 이러한 정세에서는 높은 문화의 생장은 바랄 수도 없었고, 단지 향토적인 흙 내음이 농후한 문화가 얼마간의 낡은 숙명을 지니고 온 것에 지나지 않는다. 귀족이나 양반의 세계가 아무리 권력을 휘둘러도 금전상의 실력(實力), 경제상의 실권이 일반 민중에게 있고 재정이 풍족했다고 한다면, 마치 에도시대의 조닌이 돈의 위력을 발휘하여 가부키극을 만들어낸 것처럼 조선연극사에도 눈부신 몇 페이지인가가 장식될 수 있었을 것이다.

(3) 숙명적 인생관

고도의 연극이 발달하지 못한 세 번째 기인으로 그들의 숙명적 인생관을 생각해보고자 한다. 대체로 희망이 없는 세계에서 참된 연극은 탄생할 수 없다는 극단적인 말을 할 수 있을 정도로, 연극은 어디까지나 희망을 구하는 본질을 지닌다. 바꾸어 말하자면 연극이야말로 희망을 갈망하고 탐구하는 인생의 모습이다. 설사 비극이 인간의 숙명관에서 산출된 하나의 연극 형식이라 하더라도 그 근저에는 반드시 희망에의 동경과 광명에의 탐구가 있어야만 할 터이다. 취재와 그 다루는 법, 표현의 형식이야 작품에 따라 각각 다르기는 하지만, 희곡 또는 연극이 궁극의 목적으로 하는 것은 인생에 대한 희망 이외에 그 어떤 것도 아니다. 만일 그 이외의 것이 있다고 한다면, 그것은 연극의 본론에서 매우 벗어난 것임에 틀림없다. 이따금 그러한 경향의 것이 없지는 않지만, 그것은 연극을 재료로 하여 수단으로 여기는 선전이나 영리 본위의 사도(邪道)이다. 따라서 연극의 사회적 사명은 인생에 희망을 갖게 하는 것이며 인간으로서의 사는 보람을 느끼게 하는 것에 있다. 그것이야말로 연극의 최고 목적이며 그것에까지 앙양(昻揚)되지 못하거나 또는 그것이 잊혔을 때, 그것은 완전한 연극으로서 아직 인정받을 수 없거나 혹은 이미 연극으로서 추락한 것이다. 이 주장은 특히 근대극 이후의 연극본질론으로서 성립하는 것으로, 근대극 이전 특히 고전극에 관해서는 반드시 타당하다고는 할 수 없다. 그러나 가부키극은 그 표현 수단이 치졸하고 권선징악주의가 조금 적나라하며, 게다가 유형적이기는 하지만, 역시 구경꾼에게 어떤 형태로든 기쁨을 주는 특성을 지님으로써 그 연극으로서의 존재가치를 오늘날 더욱 상당히 높게 평가받고 있는 것이다.

조선의 연극이 연극으로서 완전히 가치가 없다고는 할 수 없다. 왜냐하면 그것은 어쨌든 긴 기간에 걸쳐 조선 사람들을 기쁘고 즐겁게 해왔기 때문이다. 단지 그 모습이 지나치게 보수적이고 숙명적이기 때문에 적극성이 결여되어 연극으로서 불완전함이 있다. 다시 말하자면, 인생에 희망을 갖게 할 정도의 정열도 없거니와 의욕도 없다. 즉 원시예능의 범주를 벗어나지 않았기 때문이다. 필경 그것은 그들이 지닌 숙명적 인생관에 원인이 있다고 간주할 수 있을 것이다.

이 숙명적 인생관에 관해서도 앞서 언급한 미시나 쇼에이(三品彰英)[11] 씨의 학설이 바로 연극에 대한 하나의 영향으로서 생각할 수 있기 때문에 연극적 관점보다 이것을 관찰해보기로 하였다.

조선연극의 발전을 저지한 숙명적 인생관을 한 발 더 나아가 생

---

11) 미시나 쇼에이(1902~1971)는 일본의 역사학자이자 신화학자로 근대조선사, 일본 고대사 및 신화학을 전공하였다.

각하자면, 그것은 그들의 타율적 세계관에 유래하는 것에 다름 아니다. 그런데 여기서 말하는 타율적이란, 반도라는 지리적 조건에 따른 자율성의 결여를 가리킨다.

생각해보면 이 반도라는 지리적 조건만큼 뚜렷하게 조선의 역사를, 정치를, 문화를, 그 외의 모든 것의 개성을 결정지은 것은 달리 없을 것이다. 그러면 도대체 어떤 방식으로 작용하고 또 어떠한 역사적 성격을 그들에게 부여했던 것일까.

아시아 대륙의 중심부에 가까이 부착된 이 반도는 정치적으로나 문화적으로나 필히 대륙에서 일어난 변동의 여파를 받았으며 동시에 또 주변 위치로 인해 항상 그 본류에서는 벗어나 있었다. 여기에서 조선 역사의 두드러진 특징인 부수성(附隨性)의 원인을 이해할 수 있다. 지금 가령 여기에 동일한 지역과 민족이 대륙의 중앙 위치에 존재했다고 한다면 거기에서는 결코 저 반도사적(半島史的)인 것은 탄생하지 못했을 것이다. 중앙 위치에 있는 민족의 역사는 한 역사 세계의 건설에까지 발전하거나 그렇지 않으면 멸망한다. 조선사는 그 정도로 화려한 역사 세계의 건설이 아닌, 그와는 대조적인 말하자면 가늘고 길게 이어진 반도적 역사이다.

그러나 조선 반도가 지닌 지리적 조건은 상기와 같은 주변성만으로 끝나는 것은 아니다. 조선은 대륙의 만몽(滿蒙)과 땅을 접하고 있으며 동시에 해양을 사이에 두고 지나 및 일본과 연결되어 있어 이들 유력국과와 긴밀한 관계에 놓여있고 또 가까운 과거에는 구미의 여러 세력의 접근도 용이해졌다. 이는 주변 위치에 있는 조선에게 많은 힘 있는 이웃 국가를 갖게 했으며, 특히 대륙의 역사 세계의 중심인 지나와의 해상교통은 매우 편리했다. 이와 같이 주변적이면서 동시에 다린적(多隣的)이었던 조선 반도의 역사에서 이 두 개의 반대 작용이 동시에 또는 단독으로 작용하여 매우 복잡다기한 양상까지 나타나게 하였고, 동양사(史)의 본류에서는 벗어나 있으면서 항상 하나 내지는 그 이상의 여러 세력의 여파가 폭주하듯 작용하여, 때로는 두 개 이상의 세력의 항쟁 하에 방치되고 때로는 하나의 압도적 세력에게 지배당하기도 하였다. 때문에 조선사는 내용적으로도 대외관계 사항에 좌우되는 부분이 대단히 많고, 또한 이 국외의 여러 세력과의 관계를 중축으로 하여 조선사가 전개해 간 것과 같은 양상까지 보이고 있다. 이 같은 점은 정치사에서도 마찬가지이며, 문화사의 면에서도 똑같이 말할 수 있다. 그렇기 때문에 '발전'이라는 사적(史的)관념에 기초하여 조선사를 이해하고 논고하려는 경우, 우리는 거기에 변증법적 역사발전의 자취가 대단히 부족한 것을 알아채지 않을 수 없을 것이다. 실로 조선사는 그 객관적인 동향에서 자유를 지녔던 적이 참으로 적은 역사이다.

다음으로 이 국외의 여러 세력이 작용해 오는 방면 및 그 성격을 고찰하지 않으면 안 되는데, 그 근원이 되는 방향부터 이야기하자면 만몽, 지나 및 일본의 세 방면으로, 또 이 세 세력은 각각 두드러진 개성을 지니며 대선(對鮮) 관계는 그 개성에 따라 눈에 띄게 특징지어진다. 한 마디로 하자면, 먼저 지나는 전례주의(典禮主義)적, 주지주의(主知主義)적인 점에 그 특성이 보이며, 다음으로 만몽은 위대한 그러나 정치와 문화를 수반하지 않는 힘뿐인 정복이고, 마지막으로 일본은 고대의 우리의 조선 경영을 비롯하여 정복주의도 아니고 이기주의의 발로도 아니며 평화주의적이자 애호적인 지배로 주정주의(主情主義)적이었다. 피아(彼我)의 구별을 넘어선 더 나은 공동의 세계 건설을 염원하는 것이었다. 이 정신은 오늘날에 이르러서도 단연코 변치 않는 근본정신이다.

이상과 같이 세 방면으로부터의 세력이 각각의 개성에 따라 복잡한 교착을 이루면서 조선이라는 협동체의 성립과 발전에 기여해 왔는데, 지금이야말로 역사를 뒤돌아볼 때 조선은 지나의 지(智)를 배우고, 북방의 의(意)에 복종하였으며, 마지막으로 일본의 정(情)에 안겨서 비로소 반도사적인 것을 지양할 때를 얻은 것이다. 그와 동시에 여기서 조선의 타율적인 성격을 생각할 수 있다. 그리고 이 성격에서 오는 세계관이 숙명적이라는 것은 당연한 귀로일 것이다. 게다가 이 숙명관은 사람 각각의 성격에 따라 도피, 우울, 찰나적 향락 등의 길을 택하게 하는데, 결국 그들은 명랑하게 웃는 것을 잊은 국민이다.

결국 이러한 반도라는 지리적 조건에 기인하는 조선 고유의 성격은 정치나 사회생활 또는 사물의 인식 방법에까지 크게 영향을 끼쳤던 것이다. 과연 여기에서 다루는 연극에까지 그 영향을 미쳤던 것일까.

앞에서도 기술한 바와 같이 숙명적 인생관 때문에 인생에의 희망을 잃고 적극성이 결여된 결과, 그 내용과 표현형식이 마치 시가(詩歌)문학에서와 마찬가지로 숙명적이며 체념적이기 때문에 연극으로서의 완전한 형태에까지 이루어지지 못했던 것은 확실하다.

그러나 여기서 무엇보다 주의해야 하는 것은

시대의 지도성을 잃은 이전 시대의 문화는 문화적 잔재로서 사회의 특수한 부분에 잔존하는 것이 예사이며, 특히 조선과 같은 타율적 경향이 강한 사회에서는 국외 문화 세력이 닿기 어려운 부분에서 낡은 것이 더욱 많이 그대로 잔존하는 경향을 지닌다. 즉 문화의 자율적 발전성이 부족한 것이 조선 사회의 어떤 부분에, 문화의 고대적 양상을 비교적 많이 보존하게 한 결과가 된 것이다. 이와 같은 문화가 보존된 면으로서 민간문화, 즉 포크로어(folklore)가 항상 고대적인 것을 포함하는 점이 어느 민족에게서도 동일하게 드러나는데, folklore이라는 말 그 자체가 처음에는 Antiquity의 동의어로서 사용되었다는 역사로부터도 미루어 알 수 있다. 이러한 일반적인 현상을 굳이 조선 문화의 특성으로서 지적하려는 이유는, 이 경향이 특히 조선에서 현저하고 이런 현저함 때문에야 말로 문화적 특징이라 할 수 있다고 생각하기 때문이다. 오늘날 조선 문화에 대한 민간의 연구가 학계의 흥미를 환기하고 또 그 성과를 거두고 있는 것은, 조선 사회 저반의 문화적 특징에 유래한다고 하겠다.

　　　　　　　－미시나 쇼에이 씨『조선사개설』21쪽[12]

라고 되어 있듯이 연극의 세계에서도 또한 같은 이야기를 할 수 있다. 자율적 발전성이 부족한 것이 어떤 의미에서는 연극의 고대적인 양상을 비교적 많이 보존하게 만든 결과가 되었던 것이다. 그리고 매우 소극적이긴 하지만 조선연극의 특성도 또한 그 점에 있다 하지 않을 수 없을 것이다.

　나아가 또 이러한 연극의 보존된 일면이자 하나의 본연의 상태로서, 다음 장 '조선의 연중행사에 드러난 연극적 제상(諸相)'을 생각할 수 있다.

---

12) 서지사항은 다음과 같다. 三品彰英『朝鮮史槪說』弘文堂書房, 1940年.

제2장

조선의 연중행사에
드러난 연극적 제상(諸相)

1. 연극의 기원과 조선의 예능

『나인탐방기』[1]라는 기록영화의 한 장면(齣)에 케치야(Ketja)라 칭하는 군무를 그린 대단히 인상적인 장면이 있다. 무관심하게 못 보고 넘기면 그만이지만, 이것은 적어도 연극에 관심을 가질 정도의 사람이라면 바로 연극과 그 기원에 관한 연구의 대상으로서 받아들여야 할 정도의 흥미로운 것이다.

마을의 여러 청년들이 한 명의 리더를 중심으로 다부진 나체를 약동하면서 노래라고도 선창이라고도 신음소리라고도 할 수 없는 목소리를 맞춰서 율동하는 모습은 설명 없이는 도저히 이해할 수 없는 것으로, 아마 누구나가 토착민의 춤이라 해석할 것임에 틀림 없다. 게다가 이 군무가 그들 토착민에게는 우스꽝스럽기는커녕 지금이라도 숨을 거두려 하는 동지의 병이 평유(平癒)하기를 바라는 신에게의 기도인 것이다. 의약의 힘을 빌릴 수 없는 그들이 병자를

---

1) 제목의 원어 표기는 『蘭印探訪記』. 당시 전쟁 프로파간다의 일환으로 장려되었던 문화영화의 하나로 1941년에 제작된 다큐멘터리 영화로 보인다(松岡昌和「映畵の「南進」-アジア太平洋戰爭期南方向け映畵工作に關する議論」『秀明大學紀要』12号, 秀明大學, 2015年3月. p.80).

치료하고 그 생명을 지킬 유일한 수단이, 우리들이 보기에는 표현
파의 근대무용인가 하고 생각하게 만드는 바로 이 케치야인 것이
다. 병의 평유를 위한 것뿐만 아니다. 나아가 악마퇴치, 액막이를
위해서도 이 케치야가 행해진다. 말하자면 그들에게 이 행사는 사
활의 문제이자 생활을 위한 행사이며, 제사이고 생활의 일부인 것
이다. 그것이 우리의 눈에는 무용으로서 혹은 극적인 것으로 비친
다. 여기에 우리에게 매우 중요한 문제가 있다. 즉 케치야를 행하는
것이 그들에게는 그것을 구경거리로 보이려고 의식한 행동이 아님
에도 불구하고, 제삼자에게는 지극히 유효한 연극적 의식을 부여한
다. 여기에서 무용의, 연극의 맹아를 확인할 수 있다.

또한 이 케치야에 관해 흥미로운 사실은, 최근 그들은 의식적으
로 이것을 행하게 된 경향이 있다는 것이다. 즉 구경거리의 대상으
로 훌륭하고 능숙하게 공연해 보이려고 한다. 따라서 몸짓도 손짓
도 점차 세련되고 아름다워져 가고 있다고 한다. 이것은 외래인이
나 관광객의 호기심이 그렇게 만든 결과에 다름 아닌데, 이야말로
일반에게는 행사나 제사, 또는 종교적인 의식 등이 점차 본래의 의
식을 잃고 하나의 독립된 예술로 이행하는 과정의 발로라 볼 수 있
을 것이다. 그리고 여기에 이 케치야의 연극적 의의가 있으며 흥미
로움이 있다.

위와 같이 남방의 한 미개인이 보여주는 기도행사에서 우리는 바
로 무용의 혹은 연극의 원시 형태를 인지하고, 연극발생의 한 동인
을 긴 역사를 필요로 하는 일 없이 직접 감득(感得)할 수 있었다.

이것은 완전히 문득 떠오른 생각에 지나지 않지만, 그러나 연극의 기원에 관한 중요한 하나의 증거인 것 또한 확실하다. 왜냐하면 악귀를 쫓고 병마를 조복(調伏)[2]시켜 몸의 안전을 바라는 인간의 본능이, 집단적인 마술의 형태를 띠고 체현되는 점에서 연극의 원류를 확인할 수 있기 때문이다. 그리고 이와 유사한 예증은 일본에서도 또 결국은 어떤 나라에서도 발견 가능하다. 이에 대해서는 자세히 후술하겠지만, 특히 조선에서의 행사 예능 중에는 이러한 악마 조복을 목적으로 하는 극적인 동작인 것이 매우 많다. 그러나 이와 관련하여 우리는 한층 더 '연극기원설'의 또 다른 경우를 깊이 연구할 필요가 있다. 그 이유는 조선연극의 원류라고도 해야 할 각종 연중행사나 원시예능을 직접 또는 간접적으로 일반 '연극의 기원'의 정설에 그대로 맞춰서 생각할 수 있기 때문이다.

과학이 발전한 현대에조차도 식량의 획득은 우리 생활의 첫 번째 요건이기 때문에, 하물며 과학이 없는 문화의 수준이 낮은 원시인에게는 식재료의 확보라는 것은 생활의 대부분이었다고 해도 과언이 아니다. 그 외의 인간 생활에 필요한 모든 조건도 식량 획득에 의한 생활의 안정 이후에야 비로소 생기는 욕망에 지나지 않았다. 예를 들어 성욕과 같은 본능까지도 제이의적(第二義的)인 것이었다. 적어도 원시인의 경우는 모든 것이 식욕에 따라 산출되는 생활이었다. 따라서 그들은 살아가려는 의지, 그들의 식량에 대한 강렬한 갈

---

2) 주로 불교에서 쓰는 용어로 몸과 마음을 고르게 하여 온갖 악행을 제어하거나 부처의 힘으로 원수나 악마 따위를 굴복시킨다는 뜻.

망과 그 희망이 결국 성취되었을 때의 만족과 환희를 여실히 토로한다. 그 갈망과 환희의 토로가 하나의 동작이 되어 표현될 때, 거기에서 의식이, 행사가, 무용이, 연극이 성립한다. 그러나 그때, 개인적인 것보다는 집단적인 것이 더 연극적이라는 것은 이 경우 특히 주의를 필요로 한다. 앞서 예로 든 동인도(蘭印, 네덜란드령 동인도 전역-역자)의 케치야는 이 경우에 맞지 않을지도 모르지만, 그런 의미에서도 한 가지 좋은 예인 것이 제인 해리슨의 『고대 예술의 제식』Jane Ellen Harrison : "Ancient Art and Ritual"(佐々木理譯, 創元社刊)[3]에서 다음과 같은 흥미로운 실례를 주고 있다.

독일 및 오스트리아의 여러 지방에서는 춤을 추거나 또는 뛰어오르거나, 탁자에서 뒤로 뛰는 것으로 삼(麻)을 크게 키울 수 있다고 백성들이 믿는다. 뛰는 정도가 높을수록 그 해의 삼은 크게 성장할 것이다. 마케도니아의 농부들은 밭을 다 갈았을 때, 가래를 공중에 던져서 떨어져 내려오는 것을 받으며 "가래가 올라간 높이만큼 작물이 자라기를"이라고 외친다.

러시아 동부의 어느 지역에서는 소녀들이 한 명 한 명 큰 고리 안에 들어가 참회의 화요일(대체로 2월 중순)의 한밤중에 춤을 춘다. 고리는 나뭇잎, 꽃, 리본으로 장식되고 또 작은 방울과 삼이 달려있다. 고리 안에서 춤추면서 각각의 소녀는 팔을 활발하게 흔들면서 움직

---

3) 제인 엘렌 해리슨(Jane Ellen Harrison, 1850~1928)은 영국의 고전학자로 그리스 신화 연구에 크게 공헌하였다. 본문에서 언급된 책은 해리슨의 1913년 저작이며 원제는 'Ancient Art and Ritual'이다. 일본에서는 신화학자이자 서양 고전학자인 사사키 다다시(佐々木理, 1900~1991)의 번역에 의해 1941년 소겐샤(創元社)에서 출판되었다.

이고 "삼, 자라라!" 혹은 그런 의미의 말을 외쳐야만 한다. 끝나면 고리에서 뛰어나오거나 파트너인 남자가 안아 올려서 꺼내 준다.

이것은 예술인가. 우리는 주저 없이 '아니'라고 대답할 것이다. 이것은 제식인가. 조금 주저하겠지만 아마도 역시 '아니'라고 대답할 것이다. 우리는 이것은 제사가 아니고 단지 무지한 남녀의 미신 행위라고 생각한다. 그러나 지금 하나의 예를 들어 보겠다. 북미의 오마하 인디언들 사이에서는 비가 부족하여 옥수수가 마르기 시작하면 신성물소신사에서 모두가 커다란 그릇 안에 물을 채워서 이것을 둘러싸고 네 번 춤을 춘다. 그중 한 명이 이 물을 조금 마시고 공중에 내뿜어, 안개 또는 이슬비를 흉내 낸 물보라를 일으킨다. 그리고 그는 그릇을 뒤엎어서 물을 지상에 흘린다. 그러면 춤추던 이들은 뒹굴면서 얼굴을 진흙 뒤범벅으로 만들어 그 물을 다 마신다. 이걸로 옥수수는 살아났다. 이번에는 어떤 냉정한 사람이라도 아마 이런 의식을 '원시 제식의 흥미로운 일례'라고 말할 것이다. 양쪽 형식의 유일한 차이는 한쪽의 풍습은 개인적인 일로서 적어도 공식적인 일로 행해진 것은 아니고, 다른 한쪽은 집단적으로 공인된 단체에 의해 공공의 이익을 위해 공식적으로 행해진다는 점이다.

즉 집단적으로 동일한 정서를 느끼고 있는 많은 사람들에 의해 행해진다는 일정한 형식을 지님으로써, 더욱 제사적, 행사적이며 또한 연극적이라는 것이다. 그리고 이 문제는 연극발생의 동인이라는 점에서 매우 중요하게 여겨야 할 사항이기는 하나, 여기에서는 잠시 차치해두고, 둘 다 농민의 식량 획득, 생활 물자의 확보를 목적으로 한 하나의 행사라는 것에는 차이가 없다. 그리고 이러한 예는 여러 외국에서 구할 것도 없이, 우리나라에는 예로부터 실로 수

많은 적합한 예가 있다. 예를 들어, 농경의 경우에는 신에게 농작을 기원하기 위하여 농작물의 획득에 성공하는 과정이나 상황을 모사하는 행사, 옛날에는 덴가쿠, 다우에마쓰리(田植祭り)[4] 등이 있으며, 어로에 관해서는 풍어(豊漁)를 기원하기 위한 다이료오도리(大漁踊り)[5]가 있고, 또한 수렵을 위해서는 대렵(大獵)을 희망하기 위한 사슴춤(鹿踊り), 곰춤(熊踊り) 등이 있다. 덴가쿠나 다우에마쓰리 또는 다이료오도리도 모두 그 행위자는 이루어졌으면 하는 것을 행한다. 그들은 벼의 풍작을 빌고 대어(大漁)를 바라기 위해 그것을 행하는 것이다. 강한 소원이 행위에 표현으로 나타나는 것이다. 그 소원이 강하면 강한 만큼 절실한 행위로 표현된다. 그리하여 식재료, 생활 물자의 획득이라는 소원이야말로 인간의 가장 강한 본능인 만큼 그것이 표현되는 형태도 복잡하고 또 그 열도(熱度)도 높다. 세상에서 농경, 어로, 수렵, 기우(祈雨) 등에 관계된 행사, 제사, 그 외의 예능이 활발한 이유도 또한 여기에 있다. 우리 조선에서의 연중행사 또한 이런 방면의 것이 가장 많은 까닭은, 첫째로 조선이 농업국이라는 점에서 추측할 수 있다. 그 실례에 대해서는 후술하겠다.

생산물, 식재료의 획득이라는 것은 인간이 살아가기 위한 첫 번째 조건으로, 그에 대한 노력이 매우 적극적인 것은 당연하다. 그 적극성에 비해 소극적인 그러나 이 또한 살기 위해 지불하지 않으

---

4) 농사의 프로세스를 모의적으로 연출하여 풍작을 기원하는 제사로, 모내기를 하는 시기에 행해지는 것을 다우에마쓰리라고 부른다.
5) 대어를 기원하기 위해 어촌의 남녀가 모여 추는 춤.

면 안 되는 생을 향한 노력이 있다. 그리고 거기에도 또한 그 노력에서 생긴 행사가 있고, 제사가 있고, 극적인 행위가 탄생한다. 즉 재해, 질병, 그리고 죽음, 이들 인간의 생명을 위협하는 것, 원시인은 이것을 악귀, 악마의 소행이라고 생각하고 있다. 이에 대한 공포와 반항은 그들 원시인 또는 미개인에게는 일상생활의 절실한 사항으로 문제시되며 이것의 예방, 퇴치에 대해서는 역시 신불의 가호를 구하여 가지기도(加持祈禱)[6]을 행한다. 거기에 무격, 소위 샤머니즘의 발생이 있으며 집단적으로는 기우제 등의 행사, 제사가 거행되는 것이다. 앞서 언급한 동인도의 케치야도 그 하나의 예로 간주할 수 있다. 어촌에서 행해지는 다이료오도리도 대어(大漁)를 기원하고 축복하는 행사임에는 틀림없으나 또 그 일면에는 어족(魚族)의 원령을 봉하고, 그 재앙의 원인을 모면하기 위한 행위라고 이해할 수 있다.

그래서 이런 액막이에 관한 행사는 조선에 가장 많고, 이 땅에서 무격이 이상하리만치 발달한 연유 또한 거기에 있는 듯하다. 또 다른 여러 예능 및 예술과 비교하여 무용이 두드러지게 진보하고 보급되어 있는 이유 또한 직접적으로는 무격의 흐름을 받았고, 간접적으로는 액막이 및 기타 제사에 기인한다고 생각한다.

선조 숭배의 관념은 단지 야마토 민족 고유의 것이라고는 할 수 없으며 널리 대동아(大東亞)의 모든 민족이 공유하는 미덕인데, 그

---

6) 일반적으로 병이나 재난 등을 털어내기 위해 행하는 기도 또는 의식.

중에서도 조선의 가족 제도, 가장의 절대권을 존중하는 이 나라에서는 선조에 대한 숭배·공경의 정신이 두터워서, 이에 따르는 제사나 행사는 매우 활발하게 행해진다. 그리하여 여기에서도 무녀, 무자라는 직업인이 참가하여 기도를 행하는 것인데 이에 수반되는 악무의 발달이라는 것도 당연히 생각하지 않으면 안 된다.

다음으로 민족의 안전과 번영을 꾀하기 위한 적극적인 수단의 하나로서 이민족에 대한 반항과 도전이 있다. 물론 민족과 민족의 싸움에 한하지 않고, 나라와 나라, 부락과 부락의 이해관계에 따른 투쟁은 항상 이루어지는 것으로, 전승을 기원하고 승리를 축복하는 데에서 투쟁적인 모의 동작이 발생한다. 이것이 바로 전투무용이다. 멀게는 고대 그리스에도, 또 대동아공영권(大東亞共榮圈) 남방(동남아시아-역자)의 원시인 사이에도, 또한 우리 진무천황[7]의 치세에도 각각 야리오도리,[8] 구메마이[9] 등 전투 무용에 속하는 것이 있었다. 아마도 이 종류의 무용은 세계의 각 민족이 공유하는 것일 터이다. 조선도 또한 그 예에서 누락되지 않아서 일종의 전투 무용을 지니고 있다.

다음은 연애, 결혼, 번식을 목적으로 하는 무용이 있다. 그리고

---

7) 진무천황(神武天皇)은 일본의 초대 천황이라 전해지는 전설 속의 인물.
8) 야리오도리(槍踊り)는 다이묘(大名) 행차 시 창을 들고 모시던 종들의 동작을 흉내 내어 깃털로 장식한 창 따위를 흔드는 춤을 가리킨다.
9) 구메마이(久米舞)란 야마토 정권 하의 군사적 직업부(部)의 하나였던 구메베(久米部)의 노래에서 유래된 가무로, 무관의 모습으로 칼을 차고 노래를 부르며 반주에 맞추어 춤을 춘다.

여기에는 대체로 두 가지의 형식이 있다. 하나는 직접 자손의 번영을 목적으로 하는 무용적인 모의동작을 행하는 것으로, 대단히 익살스러운 동작을 수반하는 경우가 많다. 다른 하나는 무용 그 자체는 연애, 결혼, 번식 등과 아무런 관계가 없지만, 그 무용을 중심으로 하여 남녀가 공공연히 모이고, 그로 인한 연애, 결혼이 추진되는 것이다. 우리나라의 봉오도리(盆踊)[10]가 어떤 면에서 그러한 목적을 지닌다는 것은 이미 주지(周知)의 사실이다. 예의 우타가키(歌垣)[11]도 그 중 하나이다. 우타가키라고 하면 우리 남방의 토인들 사이에도 이것과 완전히 같은 종류의 무용이 현존하고 있다는 점이 흥미롭다. 그리고 우리 조선에도 또한 이러한 연애무용의 종류가 존재한다.

이상, 농경·수렵·어로를 목적으로 하는 무용, 악마 퇴치나 액막이를 목적으로 하는 것, 선조의 위령(慰靈), 전투, 연애·결혼·번식을 목적으로 하는 무용 등 그 외에 순수한 오락으로서 행해지는 경우도 없지는 않지만, 원시무용, 연극의 발생 형태는 대부분 예외 없이 위의 범주에 속한다. 여기서 가장 주의해야 할 점은 농경, 수렵, 어로라 해도, 액막이라고 해도, 선조의 위령이라 해도, 전투, 연애, 결혼, 번식이라고 해도 모두 다 우리의 생활과 직접 관계가 있는 사항들뿐이라는 것이다. 보는 자, 때로는 감상하는 측의 사람에

---

10) 일본에서 음력 7월 15일 밤에 여러 명의 남녀가 모여서 추는 윤무(輪舞).
11) 고대에 구애를 위하여 남녀가 봄과 가을에 산과 같은 곳에 모여서 함께 노래를 부르거나 춤을 추던 행사.

게는 그것은 일종의 위안이며 오락일지 모르지만 이것을 행하는 자에게는 오락이기는커녕 실로 진지한 생활의 일부인 것이다. 여기에 원시예능의 원시적 형태가 있으며, 정신이 내재한다. 그리고 문화의 발전과정으로부터 추론하자면, 그러한 원시예능도 사회의 진전과 함께 점차 진화 및 변형하고 결국에는 그 원시 형태로부터 이탈하여 무용 또는 음악으로서, 혹은 연극으로서 독립된 형태를 갖추게 되고, 마침내 시간이 흐르면서 또는 한 명의 천재에 의하여 훌륭한 예술에까지 앙양되는 것이다. 어떠한 원시예능도 고도의 비약을 시도하는 것의 선악은 차치하고, 그렇게 되는 것이 사회 진화의 하나의 바로미터인 것은 확실하다.

대동아 전쟁에 의하여, 공영권의 각 민족의 예능이 생생하게 우리들의 눈앞에 뚜렷이 나타나게 되었는데, 아마도 이에 따라 더욱 예술적으로 앙양되고 고도의 수준까지 진전할 것이다. 여기에서도 대동아 전쟁의 목적을 완수하는 하나의 의의를 느끼는 바이다.

우리 조선의 예능 또한 과거 몇 세기인가 있는 그대로의 모습으로 방치되어 왔다. 말하자면 원시형태 그대로 오늘날에 이르고 있다. 이러한 상태를 결코 좋다든가 나쁘다든가 한 마디로 단정할 수는 없지만, 예능 및 연중행사의 모습이 곧 국민, 또는 민족의 사상·감정을 나타내고, 사회생활의 반영이라는 일반 상식에 미루어 보자면, 조선의 연중행사의 극적인 여러 양상에 나타난 이 땅의 사회상은 아직 다분히 원시적이라고 말하지 않을 수 없다. 예를 들어 전술(前述)한 무격의 풍습이 지금 한층 더 세력을 지니고 민중들이 깊이 믿고 있다는 것 등도 그 일례이다. 이러한 행사에 부수적으로 따르는 예능이 예술로 받아들여져, 독립된 감상의 대상이 되는 것이 그 사회의 진보를 당장 촉진한다고는 생각할 수 없지만, 적어도 그에 의하여 그 가치를 재확인시키고, 자각시키는 것은 가능하다. 이는 한 명의 천재에 의해서도 어느 정도까지는 실현할 수 있지만, 시간과 함께 많은 사람들에 의해 계승되고 개혁되어 앙양됨에 따라 비로소 완성된 예술·예능의 형태를 취한다.

비근한 예이긴 한데, 조선에서 이러한 시도를 감행하고 성공한 한 명이 최승희[12]일 것이다. 그녀는 조선의 민중이 예로부터 지녀왔던 행사적인 예능을 근대 무용의 형식에까지 끌어올려 조선 전역에서 인기를 떨쳤다. 조선 사람들은 지금까지 눈치 채지 못했던 자신들의 문화재가 한 번 근대적인 미의 세례를 받음으로써 이렇게까지 아름답고 훌륭한 예술이 될 수 있었다는 것에 경탄하였다. 탄복한 것은 단지 조선 사람들뿐만이 아니었다. 우리들 내지인도, 지나인도, 만인(滿人)도, 미국인도, 전 세계의 사람들이 그녀의 무용을 통하여 조선예능의 좋은 점을 인식하고 결국에는 조선 그 자체에 대한 관심까지 깊어지기에 이르렀던 것이다. 예술이 지닌 힘의 위대함을 새삼 통감하는 이유이다. 그러나 이렇게 말한다 해서, 최승

---

12) 최승희(1911~1969)는 한국 최초로 서구식 현대적 기법의 춤을 창작하고 공연하였다고 평가받는 무용가로, 일본의 현대무용가인 이시이 바쿠(石井漠)의 무용 발표회를 관람한 것이 계기가 되어 무용을 시작하게 되었다. 이시이에게 사사하였으며 일본 각지에서 공연을 하며 활동하였다. 이후 서울로 돌아와 최승희무용연구소를 설립하고 전통무용을 배워 자신의 창작 무용에 접목시켰다.

희의 무용을 전적으로 지지하는 것은 아니다. 거기에는 더욱 많은 개량의 여지가 있을 것이며, 시들지 않는 정진이 필요하다. 그리고 조선의 무용이 세계의 무용계에서 확고부동한 진보를 점할 수 있게 되기까지는, 지금부터 더욱 수많은 최승희가 출현할 필요가 있으며, 민중의 이에 대한 열의와 지지를 기다려야만 한다는 것은 말할 필요도 없을 것이다. 이것은 단지 무용에 관해서만 언급한 것에 지나지 않지만, 가요에도 또 연극에도 완전히 같은 이야기를 할 수 있다.

어떤 민족이라도 그들이 지닌 원시예능 중 대다수의 종류는 무용적인 동작에 의한 것이 중심이 되는 이유는 무용의 본질이 원래 인간의 사상이나 감정을 가장 단적으로 표현 가능한 특성을 지니기 때문으로, 말하자면 몸짓과 대사를 수반하는 일관된 줄거리의 극형식을 구비하는 일은 극히 드물다. 그러나 조선에서는 가면극 중에 그러한 이례(異例)를 발견할 수 있어서, 이것이야말로 조선의 원시예능이 세상에 가장 자랑스럽게 여길만한 것이라 생각한다. 그외에 앞서 말한 액막이, 농경・어로, 위령, 전투, 연예・결혼・번식 등에 관계하는 복잡하고 다채로운 행사적인 예능, 아마도 일본 내지를 제외한 다른 곳에서는 조선과 같은 예를 보지 못할 것이다. 이하, 상세한 설명은 피하고 현지 보고를 정리하여 기록하고, 참고로 제공하고자 한다.

2. 농경에 관한 행사적 예능

앞서 말한 것처럼 이에 관한 행사가 가장 왕성하여 역시 농업국이라는 점을 생각하게 만드는데, 그중에서도 전국을 통틀어 중부 이남에서 행하는 풍속이 있다. 물론 장소에 따라 그 유래도 방법도 시기도 다소 다르긴 하지만, 그 목적하는 바는 대체로 공통적이다. 즉 풍년의 기원이 그 근본정신으로 이것이 변형하면 농촌위안, 단란(團欒)을 목적으로 하여 결국 하나의 오락에까지 진전한다.

시기는 모내기 때가 가장 많고, 그 외의 제초 시기, 추수기, 절일(節日)을 비롯해 봄가을부터 정월에도 행해지는 곳이 있어, 대부분은 일 년을 통틀어 이루어진다고 해도 지장이 없다. 공연자는 말할 것도 없이 농민으로 청년이 많으며 끝까지 활발하게 춤을 춘다. 악기는 이 또한 장소에 따라 다른데, 주된 악기로는 피리, 북, 징, 꽹과리, 장구 등을 사용한다. 그리고 묘취가(苗取歌), 모내기노래(田植歌) 등의 가사에 맞추어 요란하게 연주한다. 여기서 먼저 농민들은 농악대를 조직하여 '농사는 천하의 근본'이라는 의미의 농기를 선두로 하여, 음악을 연주하거나 또는 노래를 부르며 마을 곳곳을 돌고, 대원들 서로의 농사를 돕는다. 이것은 이른 아침 논밭에 나갈 때, 점심 휴식 때, 또는 해가 저물어 돌아갈 때 등 수시로 행해지는데, 여기서 무엇보다 우리의 주목을 끄는 것은 농민이 이 농악을 중심으로 단결하여 서로의 농경을 돕는다는, 말하자면 오늘날의 도나리구미(隣組)제도[13]의 확립과 실천이다. 게다가 그것이 일시적인 착상이나 위로부터의 명령에 의한 것이 아니라, 예로부터의 풍습이라는 점에 큰 힘이 숨어있다. 이 선량한 관습을 오늘날에 더욱 조성하지 않으면 안 된다고 생각한다. 즉, 이것을 장려함으로써 첫째로 일의 능률을 높일 수 있으며 한편으로는 농민 상호 간의 정을 두텁게 하고, 친목을 도모하여 단결심을 기르는 유일한 방법이다. 이하 대표적인 농악을 두세 개 소개한다.

경기도 광주의 농악

두레라고 칭하며 부락민이 모내기, 제초의 공동 농사를 할 때, 이른 아침 음악을 연주하면서 하나의 부대를 이루어 일터로 향하여 일을 시작하기 전에 먼저 주악가무(奏樂歌舞)를 하고 그 후에 노동을 한 뒤, 점심 식사 이후에도 연주와 가무를 한다. 저녁에 일이 끝나면 아침과 마찬가지로 농기를 선두에 세우고 연주하면서 돌아간다. 악기는 꽹과리, 대고(大鼓), 소고(小鼓), 장구, 피리 등으로 곡은 행진

---

13) 국민통제를 위하여 1940년에 제도화된 지역 주민의 조직. 다섯에서 열 가구 정도를 하나의 단위로 하여 조직되었으며, 배급·동원 등 행정기구의 가장 말단의 조직으로서 그 역할을 수행하였다.

곡, 무도곡(舞蹈曲) 등 대여섯 종류가 있다. 그리고 삼한시대의 유풍(遺風)에서 유래하였다고 한다.

경기도 연천의 농악

농상기라 칭하여 전자(前者)와 거의 다름없는데, 옛날에 모내기를 끝낸 후 승려를 불러 주악독경(奏樂讀經)하고 춤을 추며 풍작을 기원하도록 했던 것에서 유래한다고 전해지는 것이 흥미롭다.

충청남도 서산의 농악

이 지역의 농악은 특히 이색적으로, 정월, 2월 1일, 또는 제초기, 가을의 절기에 이루어진다. 먼저 한 부락의 각 집에서 한 명씩 남자가 나와서 부대의 깃발 하나와 악기 한 벌을 구비한 뒤 다른 두세 명의 '꽃나비'라 불리는 열대여섯 살의 남자에게 아름다운 의복을 입히고, 하나의 부대를 조직한다. 그리고 작업의 왕복 또는 회유(回遊) 시에는 이 꽃나비가 사람의 어깨 위에 앉아 선두에 서서 노래를 부르면서 능숙한 손놀림으로 춤을 추며, 작업 시에는 깃발을 세우고 꽃나비만은 일을 하지 않고 그 밑에서 소고를 치며 작업 중의 대원과 노래를 주고받는다고 한다. 이는 우리 덴가쿠 계통의 원시적인 형태와 다르지 않지만, 미소년을 목말을 태워서 가무를 하는 모습은 그야말로 산악(散樂)[14]의 흔적이 아닐까 추정된다.

전라북도 임실의 농악

정월, 제초, 그 외의 각 절일(節日). 제초가 시작될 때 일의 시작을 축하하며, 영기(令旗)를 세우고 그 밑에 모여 음악을 연주하고 풍작을 기원하며 탁주를 따라 농민가를 부르고 호미로 땅을 두드리는 춤을 춘다. 여기에서도 또한 공감(共感)주술의 모의 동작이 엿보인다.

전라북도 남원의 농악

제초기. 옛날에는 양반계급도 행했다고 하는데, 지금은 거의 농민뿐이다. 이곳의 특징은 가면을 쓰고 춤추는 것으로 악기를 치는 법에 도행(道行), 정타(正打), 가사타(炊事打), 우물타(井戸打) 등 서른두 가지 방법이 있다고 한다.

전라북도 정읍의 농악

명절, 제초기, 이사 등. 예의 '농자천하지대본(農者天下之大本)'이라는 농기를 세우고, 영기 두 개, 소위 명령기(命令旗)는 대포와 소총을 지고 우스꽝스러운 연기를 하며 사람을 웃기는 역, 작은 꽹과리의 연주 순서를 정하는 리더, 장구, 대고, 소고, 무동(舞童)의 순으로 두세 명씩 한 조가 되어 무리를 이루어 춤추며 연주를 한다. 상쇠는 머리에 술을 단 전립(氈笠)을, 소고 고수는 종잇조각을 붙인 전립을,

---

14) 중국에서 도래한, 마술·곡예·익살 등의 총칭.

다른 사람은 색종이로 만든 조화로 장식된 삿갓을 쓴다. 악곡은 아마도 열두 곡으로 구성되어 있으며, 이를 짜 맞추어 축하악, 행진악, 무용악, 답중악(畓中樂) 및 제신악(祭神樂) 등을 연주한다. 그리고 곳에 따라서는 정월의 제야(除夜)와 3일에 각 집을 돌며, 연주를 하여 액막이를 하고, 5월 15일의 다리밟기 때에는 가장 처음에 이 무리가 다리를 건너서 액막이를 할 때도 있다. 따라서 풍작을 기원하는 원형이 변화하여 액막이의 역할을 하게 되었다는 일례라 간주할 수 있을 것이다.

전라북도 부안의 농악

정월, 제초, 명절. 이곳의 농악도 특색 있는 것으로, 농악대는 기수 세 명, 머리에 고추를 달고 노란 옷을 입고 선두에 서서 영수(領首), 집사 각각 소에 올라타고, 다음으로 곤장을 든 경비원이 따르며, 다음으로 머리에 고추를 달고 노란 옷을 입은 악사가 열 명 남짓, 그 다음으로 여장을 한 무동(舞童)이 서너 명, 그 뒤가 농부인 순서로 행진을 한다. 논에 오면 농기를 세워서 그 주위에 모여서 농악을 연주하고 무동은 춤을 추고 농부는 노래를 부른다. 끝난 뒤에는 일을 한다. 그리고 제초기 중에는 농기를 부락의 중앙에 세우고 공물을 바치며, 조석으로 이 농기를 중심으로 연주하며 춤춘다. 또한 여기에서도 앞서 서술한 정읍과 마찬가지로 정월 명절에는 농악대 한 행렬이 부락의 각 집을 돌며 액막이를 한다.

이상은 대표적인 두세 개를 예로서 인용한 것에 지나지 않으나, 이 행사는 대부분 전국에 퍼져 있다고 말해도 좋을 것이다. 덧붙여서 농악에 사용하는 가사의 일례를 써두겠다.

어화 세상 사람들아
이 내 말씀 들어 보소
천하승지 우리조선
곳곳마다 편편옥토
얼널널 상사디야

높은 곳에 밭을 갈고
낮은 곳에 논 만들고
넓고 넓은 이 세상에 평판도 높은
농사국은 이 나랄세
얼널널 상사디야

수많은 백성의 목숨인
양식을 만들어 세상에 보냈으니
천하의 큰 근본이 분명한 것은
농사 밖에 또 있는가
얼널널 상사디야

전해 온 농리(農理) 위에
씨앗과 농기구를 더 골라
때를 그르치지 않고 씨를 뿌리면
가을에는 스무 배나 여무네

얼널널 상사디야

참새가 울면 일어나야지
농기를 차리고 소를 끌고
이웃집 동무를 불러내어
밭으로 나갈 때 아 농부가여
얼널널 상사디야

달 떠올 때 일 마치고
집에 가면 처자 만나
흙 묻은 몸 씻은 뒤에
묵는 밥도 맛이 좋소
얼널널 상사디야

-조선총독부『조선의 연중행사』¹⁵⁾ 수록

어화 농부들 말 듣소
서마지기 논빼미가 반달만큼 남았네
지가 무슨 반달이냐 초생달이 반달이로다
어화 어화 여어루 상사듸여

어허 농부들 말 들어보소
일락 서산에 해는 떨어지고
월출 동령에 달 솟는다
어화 어화 여어루 상사듸여

-조선총독부『조선의 향토오락』¹⁶⁾ 수록

---

15) 조선총독부에서 1935년에 펴낸『朝鮮の年中行事』를 가리킨다.

이 외에 가사는 지역에 따라 여러 가지가 있으나 모두 근로와 권농의 정신을 고취하는 것이다.

한편 위의 농경에 속하는 행사로, 그 방법, 정신 등이 대부분 지금까지 설명해 온 농악과 같은 행사의 예능이 있다. 즉, 가래씻기놀이, 풍년춤, 농공제, 풍년제, 풍년축하, 풍장(장원례), 풍악, 풍년기, 농부놀이, 취군배(聚軍輩), 농예회(농상계, 農桑契), 농산계, 기년화적(祈年禾積), 깃발맞이 등 대체로 농악에 속한다.

가래씻기놀이

주로 가을의 수확이 끝날 즈음 행해지는데, 농악대를 조직하여 춤추고 노래하는 것은 농악과 완전히 똑같다. 말하자면 풍년을 축복하고, 주식(酒食)을 밭의 신에게 올린 후 먹고 마시며 춤추고 노래한다. 경기도의 양평지방에서 행해지는 가래씻기놀이 때(『조선의 향토오락』)에는 "온 마을의 농민이 회동하여 술과 안주를 든 채 모여서 환담 및 가무, 농악을 연주하면서 하루를 즐긴다. 지난해 같은 시기 이후로 이 마을에 이주해 온 자, 결혼식이나 장례식 등을 치러 마을사람에게 신세를 진 적이 있는 자는 특히 당일 술과 떡을 제공하는 것이 관례이다. 부락의 공동재산이 없는 때에는 이웃마을에 함께 돈벌이를 가서 비용을 만들고, 이웃마을의 농악단을 초대하여 삼층

---

16) 조선총독부에서 1941년에 출판하였으며 원제는 『(調查資料 第47輯)朝鮮の鄉土娛樂』이다.

무(三層舞), 사층무를 열어 그 장관을 연출하기도 하고, 또 삼층, 사층은 무동을 어깨 위에 두세 명 겹쳐 올리고 무용을 한다."라고 쓰여 있다. 역시 목말의 무동이라는 점에는 주목해야 할 가치가 있다.

풍년춤(豊年踊り)

풍년춤도 농악, 가래씻기놀이와 대동소이로 풍년을 기원하고 축복하는 것으로, 이 또한 전국 각지에 있다. 단지 특기할 점은 예를 들어 충청남도의 연기(燕歧)지방에서 행해지는 춤은 정월부터 3월에 걸쳐서 한두 되의 벼를 주머니에 넣고 이것을 긴 장대 끝에 붙여서 세우고, 밧줄을 세 방향으로 당겨 쓰러지지 않도록 한다. 이렇게 하여 2월 1일에 이 벼를 떨어뜨리고 농악을 연주하면서 술과 먹거리를 바치며 풍년을 기원한다고 하는데, 지금은 쇠퇴한 것 같다. 벼를 장대 끝에 달고 시기가 올 때까지 둔 후에 털어낸다는 것은 곧 쌀이 여무는 모양을 모의한 동작으로, 분명 남유럽에도 이러한 형식의 행사가 있었다고 생각하는데, 역시 공감주술의 훌륭한 한 형태로서 귀중한 유풍이라 하지 않을 수 없다. 당진지방에서 행하는 풍년춤은 정월 16일에 기원(祈願)이 시작되어 2월 1일에 마지막 연회가 열리는데, 이곳에서는 부락마다 그 부락의 입구 혹은 유력자의 집 앞에 곡물 꾸러미를 매단 기둥을 세우고 그 주위에 모여서 농악을 연주한다고 한다. 유력자의 집 앞이라는 점과 곡물 꾸러미라는 점에서 전자(前者)와 다소의 차이는 있지만, 대체로 같은 형식이라고 간주해도 좋을 것이다.

농공제, 풍년제, 풍년축하, 풍악, 풍장, 풍년기원(용신제, 龍神祭), 농부놀이, 농예회, 농산계, 깃발맞이, 취군배, 기년화적 등도 모두 같은 형식인데, 그중 기년화적에 관하여 일례를 들어보자.

기년화적(祈年禾積)

이것도 지역에 따라 다소의 차이는 있지만, 충청남도 서산에서 행해지는 형식은 역시 정월 15일부터 2월 1일까지 열린다. 부락의 중앙에 높이 3장(丈) 남짓의 봉을 세우고 그 끝에 주머니 다발을 매달아 그 바로 밑에서 벼이삭이 늘어진 것처럼 보이게 만든 많은 밧줄을 엮어서 여러 방향으로 당기고, 농민은 농악을 연주하면서 풍년을 기원한다. 벼이삭을 본떴다는 점에 주목할 필요가 있다.

이상 농경에 관한 행사 및 가무는 대부분은 농민 스스로에 의해 행해지는데 그중에는 아직 직업화하지 않은 것도 있어서 이를 취군배라고 칭한다.

이상과 같이 조선의 농악 및 그 종류는 풍년 기원에 기초하여 발생한 것인데, 동시에 이것이 액막이의 의미를 겸하는 경우도 있고, 또 일설에 의하면 옛날 미개 시대에는 다른 종족을 정복할 때, 진군의 신호 또는 사기를 고무하기 위해 행했다고도 한다. 그러면 농악 또한 일종의 전투무용이라고 간주할 수 있으니 매우 흥미롭다. 또 그 현대적인 의의에서 미루어볼 때, 조선 농악의 가장 큰 특징이라 할 수 있는 것은 농악이라는 하나의 행사적 예능을 중심으로 하여 농민 각자의 단결이 강조된다는 점이라고 생각한다. 그들의 사회의식이 이러한 행사에 의해 확실히 자각되고, 공동협력, 공존공영의 정신을 길러 간다는 것은 실로 중대한 문제이며 공적(功績)이다. 이러한 미풍은 더욱 조성하고 장려함으로써 건전한 오락으로 한층 더 진전함과 동시에, 한편으로 공존공영의 정신을 더욱더 조장하지 않으면 안 된다고 생각한다.

3. 어로에 관한 예능적 행사

농업국 조선에서 농경에 관한 행사가 많은 것은 당연한데, 또 한 편으로 삼면이 바다에 둘러싸여 있는 지리적 조건으로 어업에 관한 행사 또한 대단히 여러 종류를 가지고 있다. 그 주된 것을 들어보자 면, 풍어제(豊漁祭), 어악(漁樂), 낙망(落網), 용왕제(龍王祭), 풍어(豊漁)놀 이 등이 있다. 그리고 이들이 행해지는 장소는 연해지역으로 어부· 어민을 중심으로 주로 출어, 고기잡이 시기에 가장 활발하다는 점 은 말할 것도 없다.

풍어제(豊漁祭)

경기도 부천지방이 대표적으로 출어 시, 어민에 의해 행해진다. 먼저 배 위에 떡 및 탁주를 준비하고 풍어의 노래를 부르면서 어장 으로 가서, 선상에서 지난번의 풍어(豊漁)를 감사드리는 한편으로 이 번에도 바다 위에서 안전하게 물고기가 많이 잡히기를 빌면서, 먹고 마시며 노래하고 춤춘다. 이 지방에는 고기잡이 시기가 되면 환희에

차서 풍악을 울리며 춤추고 노는 어악이라 칭하는 행사도 있다.

용왕제(龍王祭)

용왕을 위로하고 받들어 모심으로써, 바다 위의 안전, 풍어를 기원하는 의미일 것이다. 전라남도의 제주도[17]가 활발하다. 이 행사는 수시로 어민들이 행하는 것인데 무녀를 동반하여 바닷가에서 용신에게 밥, 떡, 생선 등을 바치고, 방울을 울리고 춤추며 공물의 일부를 바다 속으로 던진 다음 남은 것을 모두 나눠먹으며 즐겁게 논다.

풍어(豊漁)놀이

평안남도 평원(平原)에서 행해진다. 선주 및 어부 등이 모여서 술을 마시고 북을 울리면서 노래를 부르며 그 해의 풍어를 기원한다. 이것은 정월 14일, 15일로 정해져 있다.

직접적으로는 풍어를 기원하기보다는 오히려 바다 위에서의 안전을 비는 것에 중점을 둔 행사로, 수신제(水神祭), 칭칭소리 등이 있다. 전자는 경기도의 장단(長湍)지역에서 지금은 4년마다 행해지고 있다. 처음에는 소수의 뱃사람들만이 해상안전을 기원하기 위해 행

---

17) 당시 제주도는 전라남도 관할에 속하였는데, 광복 이후 1949년에 제주군이 도(道)로 승격하면서 전라남도에서 분리되었다.

한 제사가 지금은 일반화하여, 약 한 달 간 밤낮없이 농악을 연주하고, 무동(舞童)춤을 추고 마지막 날의 정식 제전 때에는 무용단의 행렬이 일대 장관을 이룬다고 한다. 바다의 제사가 땅으로 옮겨와 농악을 주로 하여 이루어지는 점에서 이러한 행사가 함께 시간에 따라 변해가는 모습을 엿볼 수 있다.

칭칭소리도 역시 뱃사람들이 한 무리가 되어 선기(船旗)를 세우고 조선 재래의 악기를 울리면서, 한 명은 노래를 부르고 다른 사람은 후렴을 부르면서 마을을 돌며 행진한다. 가사는

하늘에는 별도 총총　　　　쾌지나칭칭나네
이내 가슴엔 사연도 많다　　쾌지나칭칭나네

또한 쾌지나칭칭나네란 가토 기요마사(加藤清正)[18]가 왔다는 말이 와전된 것이라 한다. 어쨌든 어로에 관한 한, 풍어를 빌고 또 해상의 안전을 기원하는 것은 우리의 다이료오도리와 같은 종류이다.

---

18) 가토 기요마사(1562~1611)는 임진왜란 당시 조선을 침략한 일본의 무장.

①농악(원저 40쪽)-1

②농악(원저 40쪽)-2

4. 액막이에 관한 예능적 행사

앞서 언급하였듯이, 조선은 밀교적(密敎的)인 원시종교가 복잡하기 그지없다는 점에서도 달리 그 예를 볼 수 없다고 말해도 과언이 아니다. 따라서 그들의 신앙에서 유래하는 행사와 이에 따른 가무, 음악 또한 다종다양한 상태이며, 무당(巫堂)의 발달과 그 뿌리 깊은 세력은 몸소 이 사실을 뒷받침한다고 할 수 있다. 엄밀하게 조사했다면 더욱 많은 수를 헤아릴 수 있었겠지만, 지극히 간단히 생각한 것만으로도 대략 20종에 다다른다. 즉, 지신밟기(地神踏), 별신(別神), 오광대(五廣大)놀이, 매귀(埋鬼), 걸궁(乞窮), 액막이, 금고(金鼓)치기, 사자놀이, 걸립(乞立), 도신(禱神), 구나(驅儺), 성황신제(城隍神祭), 다리밟기(踏橋), 부군제(府君祭), 거북흉내놀이, 소놀이, 소흉내놀이(牛まね遊び) 등등. 이들 행사 및 제사, 놀이는 모두 직접 악귀 퇴치를 빌고 액막이를 기원하기 위한 것이며 또 간접적으로는 다른 행사와 이어져 그 목적을 달성하는 경우가 있다. 앞서 말한 농악, 어악 등도 일면에는 액막이를 기원하는 의미가 동시에 있다고 생각할 수 있다.

지신밟기(地神踏)

땅의 신을 밟는다는 뜻이다. 주로 정월, 농민에 의해 행해지는데 가옥의 신축 이전 등의 경우에도 그때마다 일반인에 의해 집행되는 경우가 있다. 대표적인 지방을 두세 곳 들자면, 충청북도 영동에서는 농민은 가장(假裝)을 하고 농악을 부르면서 각 집을 돌고, 정원, 부엌, 우물 등의 액막이를 하고, 지신(地神)을 단단히 다지면서 걷는다. 각 집에서는 음식물을 내와 향응을 하고, 쌀이나 돈을 바친다. 일행은 이 쌀, 돈 등의 공출로 악기의 수선비를 충당하거나 기타 부락의 공동시설을 위해 소비한다. 전라북도의 고창에서는 역시 농촌에서 주택을 신축하거나 이전했을 때, 부락의 농악단이 그 택지의 신을 달래고 진정시키기 위해 농악을 연주하면서 부엌, 우물 등을 춤추며 돈다. 말하자면 우리의 지친사이(地鎭祭)[19]에 해당하는 것인데, 농악 등의 가무로 신의 마음을 달래려 하는 점에 드러난 하나의 원시적인 신앙 관념을 엿볼 수 있어서 흥미롭다.

경상남도 동래의 지신밟기는 일종의 가장행렬로, 일행 중에서 가장 중요한 역할을 연기하는 자는 사대부(四大夫), 팔대부(八大夫), 수부(狩夫) 등이다. 사대부, 팔대부는 큰 관(冠)에 긴 담뱃대를 물고 피곤하다는 듯 발걸음도 무겁게 가장 선두에 서서 걷고, 그 뒤에는 사냥 주머니에 죽은 꿩을 넣고 목제 철포를 짊어진 수부가 뒤를 따르며,

---

19) 지친사이(地鎭祭) 또는 도코시즈메노마쓰리(とこしずめのまつり)라고도 부르며, 토목공사나 건축 등의 공사를 시작하기 전에 해당 토지의 신을 위로하고 토지를 쓰기 위한 허락을 구하는 의식을 일컫는다.

다양한 종류의 가면을 쓴 사람들에게 떠밀려가면서 열심히 악기를 울려서 온 마을의 유복한 집을 차례로 방문하여, 지신을 밟아준다. 이때는 반드시 "어히여루 지신아 잡귀잡신은 물알로 가고 만복수복은 이리로"라고 소리 높여 읊으며 걷는다. 그리고 지신밟기를 받은 사람은 곡류나 금전, 술과 안주를 내어 감사하고, 모인 금품은 부락의 공익비를 충당하는데 쓴다고 한다(『조선의 향토오락』). 말하자면 우리의 세쓰분(節分)[20]의 액때움 때 "귀신은 밖으로, 복은 안으로(鬼は外, 福はうち)"에 해당하는 것일 텐데 그보다도 오히려 대대적이고 극적인 형태를 구비하였으며 게다가 모인 금품을 공익비에 쓴다는 점 등은 매우 진보한 것으로, 공존공영의 정신을 여실히 보여주는 것으로 칭찬해야 마땅하다 할 수 있다.

위의 지신밟기와 거의 같은 의미, 같은 형태라 해야 할 것으로 매귀라는 행사가 있는데, 매귀와 같은 종류의 것에는 걸궁, 걸립, 액막이 등이 있다.

매귀

전라남도 여수에서는 정월 3, 4일 경, 부락의 농악단이 각자 악기를 울리며 부락 내를 한 바퀴 돌며 부락 안의 액막이를 끝내고, 다음으로 개별적으로 각 집을 돌며 그 집의 액막이와 복맞이를 기원한다. 그때 힘차게 춤추며 노래한다. 마찬가지로 전라남도의 고흥

---

20) 입춘 전날인 2월 3-4일경으로 콩을 뿌려서 잡귀를 쫓는 풍습이 있다.

에서도 농악대가 저마다 악기를 울리면서 부락 및 각 집을 돈다. 처음에 뜰에서 춤추면서 빙글빙글 돌고, 다음에 각 방, 부엌, 곳간, 잠실(蠶室) 등을 차례로 춤추며 돌고, 우스꽝스러운 방법으로 춤을 춘다. 그 때의 가사의 한 소절은,

매귀야- 오- 잡귀잡신은 쫓아내고 수명과 복은 모아서 들이자, 오-

걸궁

매귀와 완전히 동일하며 전라남도 무안에서 정월 농민들에 의해 행해지는데, 다른 부락까지 가서 액막이를 하는 일도 있어서 그때 얻은 금품은 역시 공공비에 충당한다.

걸립

본래의 목적은 지신을 달래는 것에 있는 듯한데, 현재는 오히려 기부금을 모아 그 비용으로 부락의 경리를 돕는 쪽이 본격화되었다. 경상북도 경주에서는 정월 15일이나 또는 가을에 노동자들이 모여서 얼굴에 먹을 바르고 가장하여 대고와 꽹과리 등을 울리고 춤을 추면서 부락을 각 집마다 방문한다. 얼굴에 분장을 하는 점에서 연극으로의 이행을 알 수 있다.

액막이

매귀와 아무런 다른 점은 없는데 전라남도의 함평에서는 이를 '굿'이라고 부른다. 우리 인형극의 원시시대에 꼭두각시, 구구쓰(傀儡)라고 하여 역시 일종의 액막이를 위해 인형을 다루던 것에서 이 발음을 추측하건대, 여기에 일맥상통하는 관계가 있지는 않을까 하고 상상한다. 완전히 단순한 상상에 지나지 않지만 인형을 써서 액막이를 하는 기법은 조선에서는 다른 지방에도 많다는 점으로 미루어보아도 아무래도 관계가 있을 것이라 판단되므로 이 방면을 더 검토해보려 한다.

별신

별신과 도신 또한 완전히 동일하여 제사는 모두 무녀나 무당서방(巫夫)에 의해 집행된다는 점이 다른 행사와 다르고, 매우 직업화·전문화되었다. 즉 불길한 일이 빈발할 때는, 수 명의 무당을 불러서 수일간에 걸쳐 독경가무(讀經歌舞)를 하도록 한다. 별신의 대표적인 것은 경상남도 동래에서 행해지는 것으로 부락민들에 의해 정월 16일부터 45일간 계속된다. 단지 이는 3년 또는 5년에 한 번이라는 듯하다. 먼저 부락민 중 그 해의 행괘(幸卦, 행운의 점괘-역자)를 맞은 자 한 명을 골라 제주(祭主)로 삼는다.

그는 정월이 되자마자 목욕재계하고 그 가족도 출생이나 죽은 자가 나온 등의 불결한 곳에는 절대로 들르지 않으며, 오로지 정진하여 정월 15일 밤중에 제주는 홀로 부락의 사당으로 가 제를 지낸다. 이 제사가 끝나고 다음 16일부터는 무녀에게 의뢰하여 주된 별신(도신)을 행한다. 이때는 무당서방과 무녀 십 수 명이 모여 별신봉(棒)이라는 높이 5, 6간(間)21)의 봉을 세우고, 그 밑에는 멍석을 깔고 병풍을 둘러 강신대(降神臺)로 하고, 그 앞에는 각종 공물을 가득 놓은 제단을 마련하여 그 앞에서 무당서방은 반주를 하고, 무녀는 경문(經文)을 외우며 춤을 춘다. 그리고 함께 있던 무녀 수 명이 교대로 경문 혹은 주문을 외우며 신에게 기도를 올리며 액을 물리치고 부락의 안강(安康), 생업의 번창을 빈다. 무녀 한 명이 한 장(章)의 경문을 외우는데 약 두 시간 이상의 시간이 필요하다고 하니, 전체는 아마도 하루가 걸리는 행사일 것이다.

도신

앞서 기술하였듯이 별신과 같은 종류로 무당이 참여하는 것이 특징이다. 경기도의 광주, 진위지방에서 가장 활발하며, 한 부락의 주최로 무녀를 불러 춤을 추게 하고, 마을사람은 농악을 연주하고 이틀 혹은 며칠 동안 놀며 즐긴다. 따라서 본래의 의의를 점차 잃고, 지금은 완전히 순수하게 오락화 하였다고 한다. 또 양평지방 등에서는 시장 경기의 번영을 목적으로 무녀, 배우를 불러 가무를 열고 사람을 모은다고 하니, 이는 분명히 연극 흥행이라 해야 할 형식의

---

21) 길이의 단위로, 한 간은 여섯 자이며 1.81818미터에 해당.

것으로 변한 것이다.

구나(驅儺)

아마도 악귀를 쫓는 여러 종류의 제사, 행사 중에서도 가장 극적 동작이 진보한 형식의 것이리라. 우리의 오니야라이(追儺)[22] 제사와 같은 행사인데, 훨씬 극적이다. 물론 본래의 의미는 일신(一身)의 병마를 쫓고 재액(災厄)을 떨치는 것에 있지만, 점차 변화하여 하나의 예능으로까지 발전하였다. 즉, 궁중에서는 이것이 하나의 의식으로서 거행되어, 매년 섣달 그믐날에는 관상감(觀象監)[23]의 주재 아래 여러 가지 가면을 쓰고 대포를 쏘며 북, 징과 같은 종류를 울려서 악귀를 쫓는다. 나(儺)의 유래는 원래 지나에서 전해진 풍습인데, 그러한 외래의 의례는 고유의 민속신앙에 만족을 주지 못 하고, 그것은 그대로 별도로 조선 재래의 역귀구축(疫鬼驅逐)의 예능인 처용무에 불보살(佛菩薩)의 가지(加持)[24]의 힘을 더한 것이 되어 커다란 무악으로 행해지게 되었다. 이하『조선의 연중행사』에 실린「용재총화(慵齋叢話)」[25]의 한 절을 인용하여 참고한다.

---

22) 일본에서 본래는 섣달그믐에 궁중에서 행했던 의식으로, 입춘 전날 밤에 악귀를 쫓기 위해 볶은 콩을 뿌리며 '복은 안으로, 악귀는 밖으로(福は內, 鬼は外)'라고 외치는 행사.
23) 조선 시대 천문(天文), 지리(地理), 역수(曆數), 기후 관측, 각루(刻漏) 등을 맡아보던 관아를 일컫는다.
24) 부처의 힘을 빌려서 병, 재난, 부정 등을 피하기 위해 기도를 올리는 일 또는 그 기도를 가리킨다.
25) 조선 전기 용재 성현(成俔, 1439~1504)의 수필집으로, 풍속, 지리, 역사, 제도, 음

처용무는 신라 헌강왕 시대부터 시작되었다. 바다 속에서 신인(神人)이 나와서 처음에는 개운포(開雲浦)[26]에 나타나 왕도(王都)에 들어왔는데, 그 인격은 대단히 기걸(奇傑)하고 또 가무에 능하였다. 익재(益齋)[27]의 시에 "조개 같은 이와 붉은 입술로 달밤에 노래를 하고, 솔개와 같은 어깨에 자줏빛 소매로 봄바람에 춤을 추네(貝齒頹脣歌夜月 鳶肩紫袖舞春風)"라는 것은 이를 말하는 것이리라. 그 춤추는 법은 처음에는 한 명이 검은 옷에 비단 모자를 쓰고 춤을 추었으나, 그 후에는 오방처용(五方處容)이 존재한다. 세종시대에는 그 곡조에 다 가사를 새롭게 하여 봉황음(鳳凰吟)이라 제목을 붙이고 마침내 조정의 정악(正樂)으로 삼았는데, 세조는 그 규모를 늘려 이를 대악대(大樂隊)로서 연주하였다. 처음에는 승려의 공양을 흉내 내어, 한 무리의 기생들이 다 같이 영산회상(악곡)을 부른다. 불보살은 바깥 뜰에서 안으로 들어오고 영인(伶人, 악공과 광대 특히 아악을 연주하는 사람-역자)은 각각 악기를 손에 들고 있으며 쌍학(雙鶴)은 다섯 명, 가면을 쓴 처용은 열 명이다. 그들은 모두 행렬을 이루어 걸어가며 세 번을 부른다. 그리고 모두 지정석으로 가 대고를 울리고 영인과 기생들은 몸을 흔들고 발을 움직이는데, 잠시 후 이를 멈춘다. 여기서 연화대놀이를 하는데 먼저 향산(香山)과 지당(池塘)을 마련하고 두루 색색의 꽃을 꽂는데(그 높이는 한 장[28]에 조금 못 미친다), 좌우로는 또 그림이 그려진 등롱을 매달아 두어, 유소(流蘇, 깃발의 머리 쪽에 다는 것-원주)[29]가 그 사이에 비친다. 연못 앞의 동서 방향

악, 문학, 그리고 인물 및 설화 등이 수록되어 있다.

26) 현재의 울산광역시 울주군에 있던 포구(浦口)로, 신라시대 국제 무역항의 하나이자 처용설화의 발생지로 잘 알려져 있다.

27) 고려 말기의 문신이자 학자인 이제현(李齊賢)의 호. 문하시중까지 지냈으며, 당대의 명문장가로 정주학의 기초를 닦았고, 왕명으로 실록을 편찬하였으며, 고려의 민간 가요 17수를 한시로 번역하였다.

28) 장(丈)은 길이의 단위로, 한 장은 약 3미터에 해당한다.

으로 커다란 연꽃받침을 두는데 어린 기생(小妓)30)이 그 안으로 들어가 보허자(창사(唱詞)의 이름-원주)31)를 연주한다. 쌍학은 반주에 맞추어 고상(翱翔, 새가 높은 하늘을 날아다니는 모양-역자)하게 춤추면서 연꽃받침을 쫀다. 한 쌍의 어린 기생은 연꽃받침에서 나와서 서로 마주보거나 또는 서로 등진 채로 뛰면서 춤춘다. 소위 동동(動動)32)이란 이를 말하는 것이다. 여기서 쌍학은 물러나고 처용이 들어온다. 처음에 만기(慢機)33)를 연주하면, 처용은 줄 지어 서서 난수(鸞袖)를 휘두르며 춤춘다. 다음으로 중기(中機)를 연주하면 다섯 명의 처용은 각각 오방으로 흩어져 서서 춤을 춘다. 또 촉기(促機)를 연주하면 신방곡(神房曲)34)을 노래하면서 춤춘다. 끝으로 북전(北殿)을 연주하면 처용은 물러가 자리에 선다. 또 한 명의 기생이 나무아미타불을 외치면 무리들은 이에 따라 화답한다. 그리고 관음찬(觀音贊)35)을 세 번 노래하면서 나간다. 매해 섣달 그믐날 밤이면 창덕궁과 창경궁의 전정(殿庭)으로 나누어 들어가는데, 창경궁에서는 기악(妓樂)36)을 쓰고, 창덕궁에서는 가동(歌童)37)을 써서 다음 날 새벽까

---

29) 깃발 또는 승교(乘轎) 따위에 달던 술.
30) 아직 어엿하게 한 사람 몫을 해내지는 못하는 나이 어린 예기(芸妓).
31) 보허자(步虛子)는 궁중 연례악의 하나이다. 원래는 왕세자의 거동 때 출궁악(出宮樂)으로 사용되었지만 궁중 무용의 반주 음악으로 쓰이게 되면서 원형에서 많이 벗어났다.
32) 고려 시대의 속요. 모두 13장으로 구성되어 있으며 임을 그리는 여인의 심정을 달거리 형식으로 노래하였다.
33) 국악 곡조의 세 가지 빠르기인 삼기(三機) 중 하나로, 가장 느린 빠르기를 이른다. 가장 빠른 것은 급기(急機)이며 급기와 만기 사이의 중간 빠르기는 중기(中機)라 칭한다.
34) 국악 가곡의 원형 가운데 하나로 중간 빠르기의 곡을 가리키며 중대엽이라고도 한다.
35) 관세음보살의 공덕을 찬양하여 부르는 노래.
36) 기생과 풍류를 아울러 이르는 말.
37) 조선 시대 대궐의 잔치 때에 악장(樂章)을 부르던 어린아이를 가리킨다.

지 연주한다. 이리하여 사귀(邪鬼)를 퇴치한다.

라고 되어 있다. 마치 우리의 무악(舞樂)과 닮은 것을 상상할 수 있는데, 불보살과의 관계에서 미루어보아 오히려 예전의 도다이지(東大寺)[38]의 다이부쓰카이겐(大仏開眼)[39]의 법요(法要)로 집행된 기악(伎樂)에 가까운 것이 아닐까라고 생각된다. 아무튼 단순한 사귀 퇴치를 행하는 예능으로서는 공이 들어간 것으로, 아마도 이 또한 본래의 의의를 잊고 독립된 예능으로서의 가치가 부여된 것은 아닐까. 처용무에 관해서는 다른 장에서 더 다루고자 한다.[40]

성황신제(城隍神祭)

이 제사는 주로 마을의 평온과 무사를 기원하는 것이 목적인데, 조선의 행사 중 역사적으로는 가장 오래된 것이라 한다. 유래에 관해서는 다음과 같은 일설이 있다.

옛날 어느 곳에 주매신(朱賣信)이라는 부부가 있었다. 주는 원래

---

38) 일본 나라(奈良)시에 있는 화엄종(華嚴宗)의 큰 절.
39) 대불(大佛)이 완성된 후에 부처의 영(靈)을 맞이하기 위한 공양 의식이다.
40) 원저에서는 제2편 조선의 고전극(第二篇 朝鮮の古典劇) 중 제1장 조선 가면극(第一章 朝鮮仮面劇)에서 처용무에 대해 다시 한 번 소개하고 있는데, 이 내용은 저자가 자서(自序)에서 밝혔듯이 김재철이 집필한 『조선연극사』의 일부분을 그대로 일본어로 옮긴 것에 지나지 않아 본서에서는 생략하였다. 이하, 해당 페이지에 별도에 언급이 없더라도, 저자가 후술하겠다는 내용 중 본서에서 생략된 것은 모두 위의 『조선연극사』 또는 정노식의 『조선창극사』에 실린 내용과 동일하다고 판단하여 싣지 않았음을 미리 밝혀둔다.

학문에 열심이었던 남자로 날마다의 생활비는 주로 아내의 손에 의해 마련되었다. 어느 날, 아내는 여느 때처럼 감을 따와 마당에다 말리다 용무가 생겨 남편에게 감을 부탁하고 외출하였다. 그러자 별안간 큰 비가 내려서 감은 모두 떠내려가 버렸다. 주는 그것을 눈치 채지 못하고 공부에 열중하고 있었는데, 돌아온 아내는 그것을 알고 크게 화를 내고 결국 부부는 헤어지고 말았다. 그 후, 주는 과거에 급제하여 도성으로부터 큰 행렬로 집에 돌아왔는데, 도중 한 순간 밭에서 변함없이 감을 따고 있는 예전의 자신의 아내를 발견하고, 사자(使者)에게 명하여 데리고 오게 하여 가마에 태워 왔지만, 아내는 지난 잘못을 뉘우치며 가마 속에서 자살하고 말았다. 주는 슬퍼하며 커다란 비를 세워 이를 애도하였다. 이것이 성황신의 기원이라고 한다. 아마도 한 편의 전설에 지나지 않을 것이나, 조선의 모든 도(道)를 통틀어 가는 곳마다 존재한다. 강원도의 양양에서는 11월의 정일(丁日) 또는 음력 정월 각 마을 별로 이를 행한다. 각 마을 전체가 숭배하는 제를 지내는 장소가 있어서 그곳에 성황신, 토지의 신, 여역지신(癘疫之神)의 삼신(三神)을 모신다. 토지, 역병의 신과 함께 모시는 것에는 역시 액막이의 의미가 있을 것이다. 경상남도의 고성지방에서는 매년 5월 1일부터 5일까지의 사이에 행해진다. 여기에서는 토착민들이 양쪽의 무리로 나뉘어 신상(神像)을 싣고 채색한 깃발을 세운 채 피리를 불고 악기를 울리며 마을을 순회하는데, 사람들은 술과 안주를 가지고 겨루면서 잔치를 하고, 나인(儺人)들이 모두 모여 각종 희극(戲劇)을 공연한다.『조선의 연중행사』에 기재된 성현(成俔)의 「허백당집(虛白堂集)」-양구역정(楊口驛亭)의 조(條)에 성황신의 영송곡(迎送曲)이 있다.

영신곡(迎神曲)

맑은 새벽 화산 언덕에서 젓대를 불어 대니
단옷날에 서낭신이 인가에 강림하였네
서로 다퉈 풍어 붙들고 향초를 서로 전하니
검은 머리 수많은 소매가 너울너울 춤추네
늙은 무당은 안색 고쳐 신 맞는 말을 하고
좋은 아침에 무리들과 함께 배불리 먹어라
기장밥 짓고 막걸리 걸러 오고 가고 하더니
돌아갈 땐 달도 없고 긴 숲이 꽉 막히었네
진수에 봄물이 불자 홍작약을 서로 주고
우연히 서로 만나 다투어 희학질도 하여라
뜻밖에 신회를 인해서 취하여 즐겼거니
굳이 청조와의 약속 의뢰할 것 없고말고[41]

이에 의거하여 보아도 무녀의 강신술(降神術)에 의해 행해지는 원시종교의 모습이 생생하다.

거북흉내놀이

또는 거북놀이라고 부르며 모든 도(道)에 걸쳐 비교적 왕성하게

---

41) 성현 『허백당집 2』 임정기 옮김, 한국고전번역원, 2011년, 308-309쪽을 참조

행해진다. 거북이는 무병장수를 축하하거나 부락의 잡귀를 떨쳐낸 다고 하는 점에서 유래했을 것이다. 경기도 이천에서는 8월 15일 아이들에 의해서 행해진다. 먼저 수숫대로 큰 거북의 모형을 만들고 여러 명의 아이가 그 안에 들어가서 수수의 잎으로 만든 머리띠를 쓴 한 명의 거북몰이의 지도로 우스꽝스럽게 마치 거북이가 기어 돌아다니는 것처럼 각 집을 방문하여, '덕담'(운수 좋은 축사)를 말하고 떡이나 과일 등을 받는다. 또 곳에 따라서는 농악을 연주하면서 줄지어 천천히 행진한다. 충청남도 천안지방에서는 짚으로 거북모양을 만들고 이것을 뒤집어쓴 사람을 선두로 해서 농악을 울리면서, 부락의 집 문 안으로 들어가 각종 재미있는 놀이를 하고 그 집의 행복을 빌어준다.

소흉내놀이

거북흉내놀이와 완전히 동일하며, 거북 대신에 소를 흉내 내어, 역시 농악을 연주하면서 각 집을 돌며 액막이를 하고 금품의 희사(喜捨)를 받는다. 지금은 쇠퇴하였지만, 경기도의 파주에서는 농민이 가을이 되면 여러 명이서 멍석을 두르고 소머리 가면을 쓴 채 소춤을 펼쳤다고 한다. 또 황해도의 연백에서는 굿판을 벌일 때 농민 중 젊은이가 멍석을 뒤집어쓴 채 소의 형상을 하고 기도드리는 장소로 틈입하여 무녀와 입씨름을 벌이고, 승부를 정하여 어느 쪽이든 진 자가 대접을 한다는 풍습이 있다. 소의 가면, 문답의 형식이 하나의 예능적인 형식을 구비하였다고 할 수 있다. 그러나 이러한 종류에서 가장 발전하고 보편화한 것은 뭐라 하여도 사자놀이일 것이다.

사자놀이

우리 내지의 사자춤도 특수한 예능으로 중요시되고, 그 연기, 연출법도 상당히 공들인 것으로까지 진화하였다. 게다가 예전에는 대륙 및 조선에서 이입된 예능의 하나인 사자놀이는 말하자면 다른 여러 예능과 마찬가지로, 역시 원시적인 형태인 채로 전승되어 오늘날에 이르렀다. 즉 우리의 샤쿄모노(石橋物)[42]에서 보듯이, 그중에서 파생, 독립하여 하나의 완전한 예능에까지 발전하는 일 없이, 어디까지나 민간신앙의 수단으로서 또 현상으로서 현존하는 것에 지나지 않는다. 게다가 거의 모든 도(道)에 두루 퍼져 남아있다는 점에서 조선적인 성격의 일단을 엿볼 수 있다. 우리의 민속예능 중에도 같은 종류의 사자춤은 아직 많이 잔존하고 있지만, 조선의 사자놀이를 고찰하는 것은 옛날 우리의 사자춤의 모습을 그리는 가장 좋은 재료임에 손색없다.

경기도의 용인지방에서는 8월 15일에 남자아이들이 짚에 긴 풀을 달고 사자의 모양을 만들어, 두세 명이 이것을 뒤집어쓴 채 걸어다니며 큰 소리로 부락 안을 소란스럽게 돌아다닌다. 물론 이때 희

---

42) 사자를 제재로 하는 가부키무용의 하나.

사를 받는데, 부락 내에 깃든 악마를 쫓는 것에서 유래하였다. 충청남도의 아산지방에서는 지금은 쇠퇴하였지만 정월 또는 동지에 농민들이 목제의 사자머리와 베와 비단으로 된 몸체를 두 명이 뒤집어쓰고, 농악에 맞추어 춤추며 각 집을 돌며 액막이를 한다. 또 평안남도 순천지방에서는 단오날에 삼으로 사자를 만들어 연주에 맞추어 춤을 춘다. 함경북도 명천에서는 역시 단오 및 가을에 가면과 가장을 한 사자가 장내에 들어와서 연주에 맞추어 춤을 추다가 이윽고 남자아이 한 명을 잡아서 먹는 시늉을 한다. 그리고 이것이 원인이 되어 사자는 병에 걸려 몸져눕는다. 그때 막 안의 악대가 슬픈 노래를 연주한다. 그러면 사자를 부리는 사람은 관객을 향하여 사례 인사를 하고 다시 활기차게 춤을 춘다고 한다. 또 (사리원에서 거행되는)봉산탈춤의 가면극에 나오는 사자에 관해서는 뒤의 장(章)에서 상세히 기술하겠다. 또 조금 형태가 다른 것은 함경북도 북청, 무산지방의 사자놀이로, 마을의 농부는 모두 출동하여 사자를 선두로 호랑이, 이리 등의 가면을 쓰고 악기를 울리면서 온 마을을 걸어 돌아다니며, 곡물, 금전 등을 받아서 모은다. 그리고 모인 금품을 역시 마을의 공공사업에 사용한다.

이상, 또 그 외에도 전국각지에서 모두 사자놀이는 활발한데, 특히 북선(北鮮)지역에 많은 이유는 무엇일까. 대륙과 접해있다는 지리적 조건으로 그렇게 되었으리라 추측하는 것 외에는 달리 이유는 없다고 생각한다.

성주제(城主祭)

흔히 성주받이굿 또는 성주풀이라고도 하며 10월이 되면 매년 각 집에서는 길일을 택하여, 햇곡식으로 떡을 찧고 술을 담가 가택의 신에게 바치고, 무당을 불러 가무를 시킴으로써 일가의 무사와 평안을 빌고, 잡귀와 잡신이 덮치지 않기를 기원한다. 그때 무녀가 부르는 가사가 재미있기에 참고로 인용한다.

> 용의 머리에다 터를 닦고
> 학의 머리에 주초를 놓고
> 금과옥석으로 지은 집
> 네 귀퉁이에 풍경을 달고
> 동남풍이 한 점 불면
> 풍경소리 묘하구나
> 해동조선국 어느 도 어느 군 어느 리에
> 모 씨 대주(大主), 어느 해에 태어나
> 맑은 물에 그 몸을 정갈히 하고
> 진심을 담아 만든 공물
> 성주님의 앞에 바친다
> 성심을 다하여 기도해준다면
> 이 공물을 많이 드시고
> 이 집이 풍족해지도록
> 생각하는바 모두 이루어지도록
> 집안에 근심거리가 없도록
> 잡귀잡신이 덮치지 않도록

가택을 총괄하는 신의 이름을 성주라고 칭하며, 이 제사는 신도(神道)의 유풍(遺風)이라고 하는데 조선 액막이의 대표적인 행사라고 해야 할 것이다.

그 외에도 역시 무녀를 불러 가무를 하고 축도(祝禱)하는 부군제(府君祭), 농무를 수반하는 답교(踏橋)의 행사, 농악대에 의해 가무를 하는 금고(金鼓)치기 등 액막이에 관한 많은 예능이 남아서 존재하는데, 대체로 이상 서술해 온 항목과 유사한 것들로 여기서는 생략한다. 그리고 마찬가지로 액막이로서의 색채를 지니면서도, 이미 독립된 예능으로서 존재하며 우리들이 오늘날 말하는 정통 예능의 범주에 속할 수 있다고 생각하는 것에 관해 우선 검토를 시도해보고자 한다. 즉 그것은 (1) 탈춤, (2) 인형극, (3) 광대의 세 가지이다. 이 셋은 앞의 사자놀이와 마찬가지로 아니 그 이상의 지위에 두어야 할 예능의 종류로, 다루기에 따라서는 순수한 연극이라 간주할 수 있는 가치를 지닌다. 따라서 뒷장(章)에서 더욱 자세한 검토를 필요로 하는데 여기에서는 단순히 연중행사 및 액막이로서의 이것들에 대해서만 언급하기로 한다.

탈춤

가면을 쓰고 춤추는 것 자체가 이미 극적인 동작이라 봐야만 하며, 그것이 단순한가, 복잡한가에 따라 극적인 가치가 좌우되는 것인데, 일반적으로 원시예능에 속하는 종류에 우리 노(能)의 교겐(狂言)에서 보이는 것처럼 세련된 예술성을 구하려는 것은 불가능하다. 단지 거기에 도달하기까지의 한 단계에 지나지 않는다. 우리들은 그 '상태'를 식별하면 된다. 조선에는 실로 많은 가면이 있다. 그러나 그 어떤 것을 보아도 단순하고, 소박하고 원시적이다. 도저히 우리 노의 가면에서 보는듯한 모습은 찾을 수 없다. 그러나 그렇다고 하여 조선의 가면이 가치가 없다고는 할 수 없다. 인형에 대해서도 같은 말을 할 수 있다. 분라쿠(文樂)[43]의 인형을 보고 있는 눈에게는 결코 조선의 인형은 아름답지 않다. 그렇다고 해서 반드시 조선의 그것을 가볍게 볼 수는 없다. 이미 높은 평가에 익숙해진 우리들은 아무튼 단순하고 촌스러우며 원시적인 유물에 대해서는 가치판단을 잃는 경향이 있다. 그와 동시에 또 소위 '조잡한 것'에 대한 호기심의 유희를 피해야만 한다. 특히 조선의 예능, 민예 일반에 그런 감정을 깊이 느낀다. 지금 촌스럽다고 했는데, 조선의 가면은 대체로 촌스럽다. 거의 대부분이 종이로 제작된다. 형태는 괴기하고 색은 단색이 많아 결코 상식적이지 않다. 그러나 이를 응시함으로써 우리들은 그 이면에서 조선 고유의 향을 느낄 수 있다. 그것은 바로 노의 가면에서 받는 인상과 조금도 다름없으며, 말하자면 민족의 아름다움을 영감(靈感)한다. 단지 소박과 세련의 상이함이며, 근저에 흐르는 피의 향기에는 다름이 없다는 인상을 받는다. 어떠한 민족

---

43) 음곡에 맞추어서 낭창(朗唱)하는 옛 이야기인 조루리(淨瑠璃)에 맞추어 하는 설화 인형극.

이 지닌 가면도, 각각 그 민족의 특질을 가장 단적으로 표현하는데, 특히 조선의 가면에는 그 경향이 뚜렷하여 우리들에게는 가장 친근감이 깊은 데가 있다. 조선의 가면은 지금까지 말한 바와 같이 결국에는 우리 가면의 영역에까지 도달할 기회를 갖지 못했다. 말하자면 태어난 그대로의 모습과 형태로 현재에 이른 것이다. 그리고 그 종류는 매우 다종다양하다. 앞서 기술한 농경에 관한 행사의 가면, 액막이를 위한 가면, 사자놀이의 사자머리, 거북놀이의 거북, 소의 탈 등 그 수를 헤아리자면 끝이 없다. 그러나 지금까지 말해 온 것은 독립된 가면극이 아니었다. 그렇다면 탈춤, 가면극으로서는 어떠한 것이 있는 것일까. 행사로서의 탈춤을 간단히 소개해보자.

경기도 포천의 가면놀이는 때를 고르지 않고, 하급계급의 사람 여럿이 하나의 무리를 이루어 박첨지, 홍동지 등의 가면을 쓰고 밤중에 신화(烜火)에 비추어지면서 우스꽝스러운 몸짓과 영가(詠歌), 대사를 쓰고 상류계급의 태도나 시폐(時弊)를 풍자하는 연기를 한다.

경기도 용인의 가면놀이는 일명 박첨지, 홍동지놀음 이라고도 불리며, 4월 8일에 농민에 의해 행해진다. 연기자는 각각 가면을 쓰고 가장을 한다. 금강산을 무대로 하여, 경치가 좋은 절에서 박첨지가 첩과 즐겁게 놀고 있으면 홍등지가 나와서 이것을 야유한다. 거기에 평양 장관(長官)의 사체를 장례도구로 싣고 온다. 그 남자 심부름꾼 중 한 명이 박첨지에게 너는 묘지기인 주제에 놀고 있다니 무례하다 하고 나무란다. 그때 한 명의 광대역이 나와서 고약하다, 고약하다고 하면서 요란하게 돌아다니는 중에 커다란 괴물이 나타나 그 주변의 사람이나 물건을 죄다 삼켜버린다.

충청남도의 대덕에도 탈춤이 있었는데 지금은 쇠퇴하여 없다. 이곳에서는 정월에 주로 유랑 예능인들에 의해 행해졌다고 한다.

황해도 옹진의 탈춤은 단옷날에 일반의 남녀에 의해 행해지는데, 그 내용과 형식 모두 뒷장(章)에서 상술할 봉산탈춤과 유사하다. 따라서 대단히 극적인 내용을 지녔음을 상상할 수 있다. 기록에 의하면 처음에 하인 두 명의 대무(對舞)가 있고 다음으로 한 명의 승무(僧舞), 세 번째로는 상자승(上子僧) 두 명의 대무, 그리고 양반 세 명과 하인 두 명의 대담(對談), 다섯 번째가 한 명의 승무, 다음이 노부부와 첩 세 명이 사는 가정, 일곱 번째는 한 명의 승무, 여덟이 한 노승과 미인, 아홉 번째는 부랑인, 승려, 미인의 삼각관계, 마지막 장에서 남극노인(南極老人)[44]의 가무로 막을 내린다. 줄거리도 있고 대사도 있으며 무용도 있어서 가면극으로서는 특기해야 할 것이라 하겠다.

강원도 회양의 탈춤은 7월 7일, 농민에 의해 행해진다. 각종 가면을 사용하기는 하나, 이 지역에 남은 방식은 전자(前者)와 같이 별도의 줄거리는 없는 소위 난무(亂舞)이다.

그 외에 함경남도의 문천, 안변과 기타 지역에도 있으며 거의 전국에서 성행하고 있으나, 형식과 내용 모두 대동소이하여 지금은 대부분 오락화하거나 또는 순수한 연극으로서의 대상이 되었지만,

---

44) 고대 중국에서 사람의 수명을 관장하는 남극성(南極星)의 화신(化身)이라고 여겼던 노인을 가리킨다.

그 진의(眞意)는 역시 액막이나 풍작기원 등에서 발생한 것이다.

가면극, 탈춤의 일종으로 산대놀이라 칭하는 예능이 있다. 지역에 따라서는 탈춤의 별명을 산대놀이라고 통칭하는 곳도 있을 정도이다. 이것도 뒷장(章)에서 상술할 것이나, 요컨대 극적인 가면극을 가리켜 말한다.

가장 대표적이라 생각되는 것은 경기도 양주의 산대놀이로 일반 남성에 의해 행해진다. 본격적으로는 스물세 명의 춤추는 자들이 각각 가면을 쓰고, 장고(長鼓), 피리, 비파, 태고(太鼓) 등을 연주하며 춤춘다. 그 손짓은 다섯 종류, 장면은 열두 개로 구성되어 있다. 주로 명절, 그 외의 휴양 철에 오락으로서 행해지는데, 그 유래는 삼국시대부터 고려를 지나 전래된 각종 가면극 무용을 이조에서 집성하여, 지나의 사신을 맞이할 때 공연한 흔적이라 한다. 그렇게 되면 이미 완전한 연극으로서 다루어져야 할 범위의 것이리라.

인형극

조선에서는 인형극을 지역에 따라서는 박첨지, 홍동지놀음이라고도 한다. 원래는 액막이, 농경, 때로는 종족 번식의 성적 의미를 지니고 있던 것으로, 실제로 각지의 수많은 인형극에는 그 모습이 남아 전승된 것이 있다. 따라서 조선의 인형극 또한 인형극의 원시 형태를 엿보는데 매우 귀중한 자료라 하지 않을 수 없다. 저 꼭두각시가 지나에서 발생하여 조선으로 건너와, 또 일본 내지에도 수입되어서 오늘날과 같이 분라쿠의 인형으로까지 발전한 그 경위를 생각하면, 조선의 인형극이 예전의 꼭두각시를 회상하는 최적의 유산이라는 것을 통감한다. 인형극에 관해서는 이 또한 뒷장(章)에서 상술하겠지만 여기서는 역시 행사로서의 인형극을 간단히 소개하는 데 그치기로 한다.

경기도 이천에서는 수시로 일반인에 의해 인형을 조종하여 즐겁게 노는데, 통칭 이를 박첨지, 홍동지놀음이라고 한다. 그 유래는 원래 4월 8일의 관불회(灌佛會)[45)]에 제공했던 일종의 여흥이었다고 한다. 인형이 불회법요(佛會法要) 즈음에 상당히 중요시되었다는 것은 우리의 인형극사(史)에도 명백하지만, 이것도 또한 그 일례로서 간주할 수 있다. 같은 형식의 것이 역시 경기도 장단과 개풍에도 있다. 다만 개풍에서는 농민에 의해 행해진다. 또 충청북도의 음성에도 있었지만 지금은 쇠퇴하였다.

충청북도의 제천에서 행해지는 인형은 일명 박첨지놀음, 또는 남사당놀이라고 불리는데, 정월 또는 4월 8일, 때로는 수시로, 주로 유랑예능인이라는 전문직업인이 등장한다. 먼저 열 살 전후의 어린아이(稚兒)가 창부로 가장한 채 광장에 막을 두르고 그 안에서 춤을 춘다. 그리고 박첨지라 칭하는 인형을 조종하여 우스꽝스러운 예능을 보여주는데, 이 인형은 양근(陽根)을 상징하는 것이라 한다. 예전에는 음란한 연기로 인간의 본능을 만족시켰다는 것 같은데, 지금

---

45) 초파일에 향수, 감차(甘茶)나 오색수(五色水) 등을 아기 부처상의 정수리에 뿌리는 법회를 일컫는다.

은 쇠퇴하였다고 한다. 나이 어린 남자아이에게 여장을 시켜 춤추게 하는 부류는 연극에서는 흔한 것으로, 우리 사도(佐渡)46)의 '노로마인형(のろま人形)',47) 지치부(秩父)의 '후쿠사인형(帛紗人形)'48)에도 그 예가 있으며, 그러한 점에서 유추할 때 이 곳 제천의 인형극은 연구의 좋은 제재로서 손색이 없다.

위와 같은 형식의 것으로 함경북도 무산의 박첨지놀음이 있다. 주로 단오에 행해지는데, 때로는 수시로 열리는 경우도 있다. 무동파(舞童派)라 불리는 흥행단이 부락을 순회하면서 공연을 한다. 먼저 정유(庭遊)라고 하여 무동이 춤을 추고 다음으로 높은 대를 만들고 그 위에서 박첨지와 그 외의 인형을 조종하여 연주자와 해학과 골계의 문답을 하거나 음악에 맞추어 인형을 조종해 보이는데, 현재는 별로 행해지지 않는다.

함경남도 홍원의 홍동지놀음은 정월, 남자아이들이 나무로 인형을 만들거나 천으로 동물의 형태를 만들어 이를 조종하며 노는데, 이는 인형극이 아이들의 유희로 변한 것이리라.

경기도 고양의 박첨지, 홍동지놀음은 높이 약 네다섯 자(尺) 정도의 막 뒤에서 인형조종자가 인형을 막 위로 내보내서 조종한다. 반주로는 남도단가(南道短歌)의 악곡을 사용한다고 한다. 게다가 이 인형에는 각각의 역할이 있어서, 박첨지, 그의 딸, 며느리, 홍동지, 삼

---

46) 옛 지명으로 현재는 니이가타현(新潟縣) 관할하의 섬이다.
47) 에도시대의 꼭두각시의 하나로 머리가 납작한 것이 특징이다.
48) 한 손으로 인형을 조종하고 다른 한 손으로는 인형의 옷자락을 풀어내며 다리의 움직임을 나타내는 양식의 손가락 인형.

불지승, 세 명의 상좌중(三佛寺僧), 중 네 명(寺僧四人), 평안남도 감사 등의 인형이 등장한다. 인형극으로서는 비교적 형태가 갖추어진 부류라 하겠다.

강원도 강릉에서는 소위 오광대놀음이라 하여 봄철 농민에 의해 행해지는데, 목제의 인형을 사용한다. 그리고 여기는 완전히 액막이를 위한 행사로, 주로 전염병 예방을 위한 것이라 한다. 듣는 바에 따르면, 타이완의 인형극 또한 대부분 연극으로서가 아닌 액막이나 가옥 신축 및 이전 등을 위해 인형을 조종하는 하는 것이 현재 상황이라고 한다. 인형극의 기원 및 그 기능이 이러한 액막이나 기타 행사적인 용도로서, 또 우리들 인간생활의 필수품이었던 시대의 유산으로 현재 여전히 조선이나 타이완에 잔존하는 것에 대단한 흥미와 의의를 느낀다.

5. 전투 및 종족번식에 관한 예능적 행사

전투무용

현재의 조선에서는 전투를 위한 무용 또는 전투를 흉내 낸 것 같은 예능의 존재는 확인되지 않지만, 예전에는 이러한 의식 아래 발전했으리라 상상할 수 있는 행사적 예능을 산견할 수 있다. 앞서도 기술했듯이 농경에 관한 행사, 즉 농악 중에도 명백히 그 흔적을 엿볼 수 있어서, 저 강원도 기제의 농악과 같은 것은 현재는 모내기, 제초 때에 풍년의 기원 및 그를 겸한 농민의 오락으로서 행해지지만 예전에는 다른 종족을 정벌할 때 진군의 신호로서, 또는 사기를 고무하기 위한 예능이었다고 한다. 따라서 반주에 쓰이는 태평소(胡笛), 징, 북 등의 악기도 늠름하며, 이에 수반하는 무용 또한 용감하며 씩씩하였다.

그 외에 전투적인 예능으로서는 삭전(索戰)이라고 칭하는 일종의 줄다리기 경기가 있다. 이것은 우리들 내지인의 상상 밖의 것으로, 한 부락이 동서로 나뉘어 그 자웅을 겨루는 것인데 그때는 전승기를 내걸고 북, 징을 연주하며 노래를 부르고 춤추며 돌아다니고 나서 이를 행한다. 같은 줄다리기라 해도 거기에 가무를 수반한 예능이 있다. 물론 그것은 아군의 사기를 고무하기 위한 가무이지만, 얼마나 조선 사람들이 노래를 즐기고 춤을 사랑하는지가 이런 점에도 나타나 있어 매우 흥미롭다. 또 활쏘기(弓射)라 칭하는 활 겨루기에도 단순히 사격의 기술을 겨루는 것뿐 아니라, 반드시 여기에는 가무가 수반되어 사수의 사기를 고무하며 용기를 북돋고, 또 이기면 기생 등에게 개선가를 합창하게 한다. 노래와 춤이 없다면 낮도 밤도 잠시도 지낼 수 없는 조선의 예능적 특질이 엿보여 흥미롭다.

　종족 번식을 위한 무용, 음악으로 독립한 것은 분명하게 파악되지는 않는데, 간접적으로나마 그 범주에 속하는 예능으로는 앞서 기술한 인형극이 있고, 농악 중에서도 다소 그러한 표현이 엿보인다. 또 광대라 칭하는 일종의 직업배우가 행하는 우스꽝스럽고 음란한 연기에서도 확인되는데, 지금은 상세한 서술은 생략하겠다. 이상으로 조선의 예능적 행사의 계통적인 설명의 개략을 마쳤다. 그렇지만 헤아려보면 아직 많은 예능이 존재하는데 예를 들어 광대에 의한 '산제(山祭)', 일종의 가장행렬이라고 혹은 패전트(pageant, 야외극—역자)라고도 해야 할 '파일(八日)놀이', 신라무(舞)를 수반하는 경주의 '신라제(新羅祭)', 줄타기 곡예와 비슷한 '답삭(踏索)', 원산의 '무용놀음', 또 나아가 직업적인 '광대' 등등은 원시예능으로서 검토하기에 충분한 가치를 지니고 있다. 그러나 여기서는 앞에서도 기술한 것과 같이 이들 모든 예능이 어떻게 연극의 기원설에 해당하는

지를 생각하고, 계통을 밝히려고 한 것에 지나지 않기 때문에, 이미 연극으로서 체계가 지워진 범위의 것에 관해서는 본론에서 언급하기로 한다.

이상, 지극히 조잡한 비망록 정도의 기술이긴 하지만, 이로써 우리 조선이 가진 예능이 얼마나 다종다양하고 게다가 계통적으로 서로 밀접한 관계를 지니고 있는가, 그리고 또 이들의 예능을 긴 세월 사랑하고 계속해서 전승해 온 조선의 향토적인 특질이 얼마나 훌륭한 것이었는가, 나아가 또 앞으로 더더욱 이러한 예능의 보존과 진전에 대해 얼마나 협력하지 않으면 안 되는가, 라는 점에 관해서 하나의 시사를 전할 수 있다면 기쁠 것이다.

제 3 장

조선 고악(古樂)의 발달

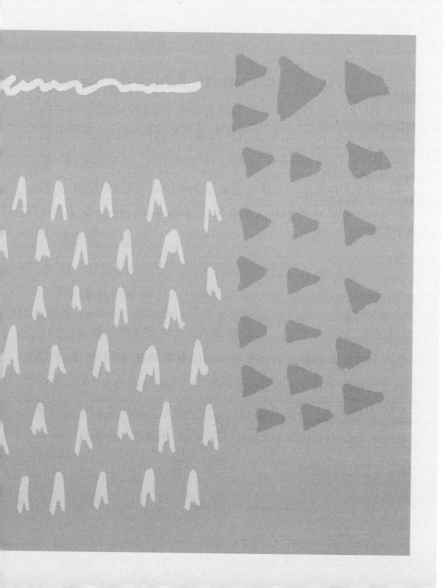

어느 나라에서도 연극의 원류가 음악과 무용에서 발생하였음은 말할 것도 없다. 우리 조선에서도 또한 마찬가지로, 극적인 형태를 갖추기에 이르기까지는 지극히 단순한 음악과 무용에서 점차로 복잡화하여, 그중 어떤 것은 마침내 다분히 극적인 요소를 받아들여서 독립된 연극에까지 진전하며, 또 어떤 것은 원시형태 그대로 남아 존재하는 것도 있고, 단독으로 음악으로서 혹은 무용으로서 발전하는 것도 있다.

전장(章) 「조선의 연중행사에 드러난 연극적 제상(諸相)」에서도 보았듯이 조선에서 연극은 연극으로서의 완전한 발달을 보지 못하였고, 오히려 음악과 무용을 주류로 하는 역사였다. 신극(新劇)의 발흥에 의해 조선도 급속도로 신흥 연극 국가로서의 형태를 지니게 되었으나, 그럼에도 불구하고 한편으로는 더더욱 가극적인 색채가 농후해가고, 민중들은 그쪽을 더욱 환영하는 경향이다. 이것은 다름 아닌 음악과 무용을 주체로 하는 연중행사의 보급과 침투에 따른 결과이다. 원시시대부터 오늘날까지 누구든지 노래하고 누구든지 춤을 추는 음악적이고 무용적인 성격은 제정일치의 정신을 비롯하여 조선의 모든 문화의 성격을 결정했다는 느낌이 든다. 그러나 앞에서도 서술하였듯이, 유교의 영향에 의한 가무의 경시로 인해 양반 계급 이상의 계급에서 그 발달을 보지 못하고, 단지 의식용 악극(式樂)으로서의 아악(雅樂)에서 그 배출구를 발견한 것에 지나지 않았다. 따라서 조선의 음악과 무용은 궁정의 아악을 제하면 완전히 민간이나 하층천민의 소위 속악(俗樂)으로서 발전하였다. 여기에 조선예능의 성격이 있으며, 흥미가 있다. 이하 아주 간략하게 고구려 및 삼한시대의 조선음악의 발전 과정을 적어보도록 하자.

고구려의 음악

처음에는 진나라 사람에 의해 칠현금(七絃琴)이 수입되었다고 전해진다. 하지만 그 주법을 해석하고 그 후 백 여곡을 만든 것은 훨씬 후세의 일로, 마침내 이 나라 독자의 거문고(玄鶴琴)가 창조되고 결국에는 수입된 음악까지 더하여, 대략 열일곱 종에 달하는 악기의 반주에 의한 무악(舞樂)의 유행까지 보았다고 한다. 악기의 이름은 다음과 같다.

탄쟁(彈箏) 추쟁(搊箏) 와공후(臥箜篌) 수공후(豎箜篌) 비파(琵琶) 오현(五絃) 의치적(義觜笛, 의취적이라고도 함-역자) 생(笙) 횡적(橫笛) 소(簫) 소필율(小篳篥) 대필율(大篳篥) 도피필율(桃皮篳篥) 요고(腰鼓) 제고(齊鼓) 담고(擔鼓) 패(貝)

그리고 당시 무악의 모양에 관해서인데, 악공인(樂工人)은 붉은 비단 모자에 새의 깃털을 장식하고, 노란 빛깔의 큰 소매에 붉은 비단 띠를 하고, 매우 넓은 바지를 입고 붉은 가죽 신발에 오색 끈을 한다. 무자(舞者)는 네 사람으로 머리를 뒤로 뭉치고 붉은 빛깔의 수건으로 동이고, 금사슬로 장식한다. 두 사람은 노란 치마저고리에 속바지를 입는데, 그 소매는 몹시 길고 오피화(烏皮靴)를 신는다. 음악을 써서 짝을 지어 서서 춤춘다.[1] 이러했다고 하니, 당시 이미 상당히 우아하고 아름다운 무악이 행해지고 있었음을 상상할 수 있다. 또한 고구려의 음악 및 무용에 관한 유일한 자료로서, 현재 만주국 지안(輯安)에 존재하는 고구려의 유적인 무용총(舞踊塚) 및 그곳의 고분 속 벽화에 나타난 악기와 무용의 자태는 당시의 음악이나 무용을 아는 데 있어 매우 귀중한 것이다. 따라서 당연히 여기에서 언급해야만 하지만, 아직 해당 지역에 견학한지 얼마 지나지 않아, 지금 연구하는 도중이기 때문에 언젠가 기회가 되면 하기로 남겨두고, 벽화 속에 나타난 두세 가지 요점을 사진으로 소개함으로써 여러분의 상상에 맡기기로 한다(지안고분 벽화의 권두그림을 참조).[2]

가야의 음악

고구려로부터의 전래와 국왕 가실(嘉悉)[3]이 지나의 악법을 수입함

---

1) 『삼국사기』에 소개된 악공(樂工)과 무인(舞人)의 의상을 참조한 것으로 여겨진다.
2) 본서 말미에 첨부한 원저에 수록된 삽화를 참조.
3) 가야 말기의 왕으로 당(唐)나라의 악기를 본 뒤 우륵(于勒)으로 하여금 12현(絃)으로 된 가야금을 만들게 했다.

에 따라 하림조(河臨調) 및 눈죽조(嫩竹調)의 두 곡을 제작하여 음악이 크게 흥하였으며, 다음의 신라로 전하였다.

신라의 음악

신라의 음악은 가야국으로부터 전래되었다. 그리고 굉장한 발달을 보기에 이르렀다. 그것은 첫째로 가야국과 지리적으로 접해있다는 관계 때문에 다름 아닌데, 신라국의 진흥왕과 악공 우륵 및 그 제자 이문의 공적에 의한 것이었다. 진흥왕은 음악을 대단히 좋아하였다. 12년 봄 정월에 개국(開國)이라 연호를 바꾸고 3월에 다음의 낭성(娘城)을 순찰하였는데 이때 우륵과 그 제자 이문의 음악을 듣고 대단히 기뻐하여, 이들을 특별히 초대하여 하림궁(河臨宮)에서 그 음악을 연주하도록 하였다. 둘은 각각 신곡을 연주하였다. 13년, 왕은 계고(階古), 법지(法知), 만덕(萬德)의 세 명으로 하여금 우륵에게 배우도록 하였다. 우륵은 각각의 능한 점을 가늠하여 계고에게는 가야금을, 법지에게는 노래를, 만덕에게는 춤을 가르쳤다. 그 기량이 거의 우륵을 능가하기에 이르렀다고 한다. 이보다 먼저, 가야국의 가실왕, 십이현금(十二絃琴, 가야금-역자)을 제작하여 이를 가지고 열두 달의 율(律)을 본떠 우륵에게 열두 곡을 만들게 하였다. 그런데도 국난(國難)에 이르러 우륵은 악기를 대동하고 진흥왕의 휘하로 투신하였다. 진흥왕은 그를 국원(國原, 지금의 충주-역자)에 두었다. 계고 등 세 명에게는 이미 열두 곡을 전하였는데, 그들은 모두 "이는 매우 음란하므로 아악으로 삼아서는 안 된다"라고 말하였다. 결국 간추려서 다섯 곡으로 만들었다. 우륵은 이를 전해 듣고 크게 화를 내었다고 한다. 그리고 이 다섯 곡을 듣고서는 "즐거우나 음란하지 않고 슬프면서도 비통하지 않으니 가위 바르다고 하겠다."라며 눈물을 흘리며 감탄하였다고 한다. 왕은 이를 듣고 기뻐하였다. 간신들은 헌의(獻議)하여 "이는 가야 망국의 음악이니 취해서는 아니 된다."고 말하였는데, 왕은 "가야왕이 음란하여 스스로 망한 것이지 음악에 무슨 죄가 있겠는가?"라고 하였다. 결국 이를 행하였다고 전해진다.

가야금에는 두 개의 조(調)가 있는데, 하나는 하림조라고 하며 다른 하나는 눈죽조라고 한다. 모두 185곡이 있다. 그리고 우륵이 만든 곡은 다음의 12곡이었다.

하가라도(下加羅都)
상가라도(上加羅都)
보기(寶伎)
달기(達己)
사물(思勿)
물혜(勿慧)
하기물(下奇物)
사자기(師子伎)
거열(居列)
사팔혜(沙八兮)
이사(爾赦)

상기물(上奇物)

진나라 사람에 의해 고구려에 전해진 음악은 그다음 가야국으로 전해져 이 나라에서는 가실왕의 장려에 의해 우수한 작곡가, 기술가, 성악가를 배출하였는데, 결국에는 나라가 망하기에 이르러 악공은 모두 신라로 도피하였다. 신라는 이들 악공의 도래를 얻어 여기서 눈부신 음악의 꽃을 피우고, 나아가 이를 후세인 이조의 아악에까지 계승하였다. 또한 신라의 악제(樂制)에는 다분히 당나라의 제도가 채용되었다.

백제의 음악

백제에는 수나라로부터 무악이 전해졌다. 그러나 신라와 같이 융성하지는 않았다. 중종(中宗)왕 시대의 문헌에

> 당나라 중종 때 백제악의 공인이 죽고 흩어진 것을 다시 수습하였으나 그 음악과 춤은 빠진 것이 많았다. 춤추는 자는 두 명이며 춤 복식은 자대수(紫大袖), 군유(裙襦), 장포관(章甫冠), 피리(皮履)였으며, 음악으로 남은 것은 쟁(箏), 적(笛), 도피필율, 공후(箜篌)와 같은 악기였다.

라고 되어 있다.

고려의 음악

아악으로서 문외불출(門外不出)의 궁정악이 흥하여, 극적인 나례(儺禮), 처용가 등에 도입되어서 연극의 발달에도 직접 도움이 되었다. 또 불교 유포에도 이것이 도움이 되어, 시승(詩僧, 시에 능한 승려-역자) 따위까지 출현하여 진신(縉紳)과 함께 서로 창화(唱和)[4]하며 유생이나 독서하는 이는 모두 산으로 올라가 유석(儒釋)을 서로 의지하는 자가 적지 않아서, 그 풍습은 세조 시대에 가장 대단하였다. 성현의 『용재총화』에는

세조조(世祖朝)에서 집경법(輯經法)을 행하니, 이는 고려의 옛 풍습이다. 그 법은 일산(日傘)을 앞세우고 누런 뚜껑이 있는 흥(輿)에 황금으로 만든 작은 불상을 안치한 다음, 앞뒤에는 악인(樂人)이 주악(奏樂)하면서 양종(兩宗)의 중 수백 명이 좌우로 나누어서 따르고, 각각 명향(名香)을 받들어 경(經)을 외우며, 소승은 수레에 올라 북을 치는데 경을 외우는 것이 그치면 음악을 하고 음악이 그치면 경을 외운다. 부처를 받들고 궁궐에서 나오면 임금께서 광화문까지 배웅하시고, 해가 지도록 시가(市街)를 순행하거나 혹은 모화관(慕華館), 태평관(太平館)에서 낮 공양을 받들어 각 관청의 관리들이 분주히 물건을 바쳤는데, 오직 견책을 받을까 두려워하여 육법공양(六法供養)을 베풀었고, 피리소리, 북소리, 염불소리가 하늘까지 진동하니, 유가(儒家)의 부녀자들이 물밀 듯 모여들어 구경하였다. 예조 좌랑 김구영(金九英)은 나이가 많고 몸도 뚱뚱한데다가 종종걸음으로 걸

---

4) 한 사람이 선창하고 여러 사람이 그에 따르는 형식.

어가니 땀이 물 흐르듯 하고 먼지가 얼굴에 가득히 앉아 구경하는
이가 모두 웃었다.[5].

라고 되어 있다.

또 세종왕 시대의 음악의 발달에 관해서『조선개화사』[6]에는

종성각일가(鐘聲各一架), 비파생간(琵琶笙竽), 소관(簫管) 등의 기
(器), 각 두 쌍이 있어 제사에 쓰기도 하지만, 홍두적(紅頭賊)의 난[7]
때 산실(散失)하여 거의 끝나, 유노령인(唯老伶人), 종성이기(鐘聲二
器)를 연못 안으로 던져 간신히 있는 것을 얻거나. 명고제(明高帝),
문제(文帝) 모두 제기(祭器)를 내리시거나 한다고 하지만, 성률(聲律)
에 없으므로 팔음(八音)은 갖춰지지 않고, 세종 거서(秬黍)의 해주(海
州)에서 발생하여, 경석(磬石)의 남양(南陽)에서 난다는 것을 듣고 분
발하여 아악을 흥하게 하는 것에 뜻을 두었다. 박연[8]에게 명하여 이
를 만들었다. 연본(堧本)과 율려(律呂)에 정진하여 좌와수(坐臥手)를
심흉(心胸)의 사이에 맞추어 알격(戛擊)[9]의 형태를 이루고, 입술로
휘파람을 불어 율려의 소리를 낸다. 십 여 년이 흐르고 마침내 음률
의 온오(蘊奧)의 극에 달하였다. 세종의 명을 받기에 이르러 완전한
악기를 만들고, 조제(朝祭)에 사용하기에 이르렀다. 그 후『용비어천
가』의 편찬을 완성하였다. 이 노래는 목조(穆祖)[10] 이후의 조기(肇

5)『용재총화』인용문의 번역은 성현(成俔)등 저, 권덕주 외 옮김『대동야승(大東野乘)』
1권『慵齋叢話』2권(한국고전번역원, 1971년)을 참조하였다.
6) 恒屋盛服『朝鮮開化史』東亞同文會, 1901年.
7) 머리에 붉은 수건을 쓴 원(元)나라 말에 일어난 도적의 무리가 고려에까지 쳐들어
와 노략질을 한 것을 일컫는다.
8) 박연(1378~1458)은 조선 전기 세종 때의 음악이론가.
9) 옥돌을 쳐서 소리 나게 한다는 뜻으로, 악기를 치는 것을 가리키는 말이다.

基)[11]의 발자취를 기술하고, 언문(諺文)을 섞어서 국음(國音, 고유한 말소리-역자)에 맞춘 것이 총 125장(章)이다. 궁중에서 인쇄하여 군신에게 내리고, 조제·연정(宴亭)에는 반드시 악보를 연주하도록 하였다.

라고 되어 있다. 이로써 세종시대의 음악 유포의 상태를 엿보아 알수 있을 것이다. 충렬왕의 시대에는 왕은 또 제기, 악기를 사들여그 흥륭(興隆)을 꾀하는 것에 마음을 썼다. 이인로의 시[12]에 다음과 같은 것이 있다.

電鞭初報一聲雷
번개채찍에 처음 천둥소리 나자
春色先凝萬歲杯
봄빛이 먼저 만수술잔에 엉키는구나
銀燭影中寒漏永
아름답게 비치는 촛불의 그림자 속에 누수는 차갑고
玉簫聲裏暖風催
옥피리 소리 속에 따스한 바람 재촉하는구나
仙桃帶露枝偏重
이슬을 머금은 복숭아는 가지가 무겁고
瑞莢含煙葉盡開
연기를 머금은 상스러운 명협은 잎 활짝 피었다
輦路月明絲管沸

---

10) 이성계의 고조부.
11) 개국(開國).
12) 이인로(1152~1220)는 고려 후기의 문신. 인용된 시의 제목은 『등석(燈夕)』이다.

임금님 수레 오는 길은 달이 밝고 풍악 소리 들끓듯 울리는데
翠蛾爭唱紫雲回
궁녀들은 자운곡 노래를 돌려가며 다투어 부르네

가사 · 율조의 예술화

조선 일반 민중의 가무의 원류를 소위 무녀가 행하는 가무에서 찾을 수 있는 것은 무격의 발달과 그 세력으로 미루어 보아 대략 상상할 수 있다. 그들이 부르는 가사는 상당히 많아서, 게다가 그 대부분은 청배(淸拜),[13] 신가(神歌)의 종류이다. 그리고 이들 노래는 주로 신덕(神德)을 찬미하고 신들을 기쁘게 하기 위한 것이므로, 가사도 선율도 모두 음악적이며 이에 수반되는 무용 또한 다분히 율동적이고 예술적이다.

산이 있는 곳에 그림자가 생기고
용이 사는 곳은 늪이라 하네.

늪이 깊다하여도
고운 모래 위마다 세워져
마누라의 영험술(靈驗術) 깊이를 모르겠네.

겨울철에 눈 내리다 녹아서
부슬부슬 비가 되었다

---

13) 귀신에게 절하는 것.

청룡에 술을 싣고 보름달 뜬 산중에 들어가면
마누라의 영험술 깊이를 모르겠네.

태산이 높다하되
하늘 아래 뫼이로다
늪이 깊다하여도
모래 위의 웅덩이로다
마누라의 영험술 그 깊이를 모르겠네.

라고 신덕을 칭송하고, 또한

높은 장군님이 오시는 길에
비수창검 다리를 놓소
비수창검에 낙양창검에 세워져
현 아래 묘한 소리 노니라고

성조왕신(成造王神)이 오시는 길에
가야금 다리를 놓소
가야금 열두 현 현의 바다에
현 아래 묘한 소리 노니라고

라고 가미아소비(神遊ひ)14)의 노래를 부른다. 어쩌면 이와 같은 찬가
는 그 가사·율조의 아름다움 때문에 더욱 예술적으로 분화(分化)하
여, 거의 종교적인 색채를 잃기까지 이르는 경우가 있다. 즉 서정적

14) 신 앞에서 가무를 바치는 것, 또는 그 가무.

인 경향을 띠어 가면서 연연하는 연가(戀歌)가 되어, 꽃이나 달, 새를
노래하는 아름다운 시로 변화하는 것이다.

저 멀리 한 조각 돌
강태공의 낚싯대라네
문왕(文王)은 어딘가에서 행복하실까
빈 배가 한 척 떠오니
석양에 물은 흐려지고 제비는 오고 가고

목이 붉은 산성(山城)의 독수리
그물에 걸린 하얀 송학(松鶴)
집 앞 밭의 어책(漁柵)에서 물고기를 찾는 해오라기야
풀잎의 그대 답이 없다면 쓸쓸할테지

어젯밤 분 바람에 뜰에 가득 핀 복숭아꽃 모두 흩어져
동자는 비를 들고 쓸려 하는데
낙화는 꽃이 아니다
쓸어 모으자

앞 절의 "마누라의 영험술 그 깊이를 모르겠네"는 그야말로 신덕
을 상찬하는 종교적인 것으로, 그것이 다음 절의 "현 아래 묘한 소
리 노니라고"에서는 같은 신을 향한 봉사이지만 신을 인격화하여
표현하며 또 마지막 절에 이르러서는 "낙화는 꽃이 아니다 쓸어 모
으자"라는 곳에서 완전히 종교적인 것을 벗어던지고 자연을 노래하

고 꽃을 칭송하는 것이다. 적어도 상식적으로는 이것이 무녀가 입에 올릴 무가(巫歌)라고는 생각할 수 없다. 여기에서 우리는 종교적 행사에서 예술적인 예능으로의 이행을 본다. 따라서 연극의 기원이 샤머니즘에서 시작한다는 하나의 좋은 예를 여기에서도 확인할 수 있는 것이다. 조선의 음악, 무용, 연극 등의 여러 예능이 무격과 깊은 관계를 지니고 있음을 특히 강조하는 연유이다.

제 4 장

조선의 신극―
조선 신극 사조 약사(略史)

1. 조선 국민연극의 현상(現狀)

조선의 새로운 연극운동은 1909년 이인직의 원각사(圓覺社)극장[1] 운동이 그 효시라 한다.

이 시대는 구미의 문화적 사조가 물결쳐 오던 시기로, 조선의 문학운동이 그러했던 것처럼 연극운동의 흐름도 구미적인 자연주의 운동이 연극에서 드러나면서 탄생하였다. 문학운동이 톨스토이, 도스토예프스키와 같은 북유럽적인 자연주의 작가에 의해 많은 것을 배웠다고 한다면, 조선의 신극운동은 내지 신극의 기술적인 이입에 그 정열을 쏟았다는 사실이 가장 특징적이라 할 수 있다.

조선 신극운동의 제1기적 단계라 할 수 있는 원각사극장 시대는 근대주의에 눈을 떠서 새로운 내용과 형식을 다듬은 연극운동이었다고 단정하기는 어렵다고 해도, 그러나 조선의 문화운동이 새로운 자각 하에 근대화를 향한 욕구로서 당연히 일어난 현상이었다. 대

---

[1] 1908년 7월에 세워진 우리나라 최초의 극장으로 로마식 극장을 본떠서 만들어 수용인원이 약 2천 명이었다. 같은 해 11월 15일 상연된 이인직의 『은세계』가 첫 공연이었으며 이는 한국 신극의 효시라 불리기도 한다. 1914년까지 유지되었으나 그 해 화재로 인해 소실되었다.

체로 이 시대에는 낡은 인습과 습관에 사로잡혀있던 구극에 대한 연극 혁신의 시대였다.

이 운동은 새로운 신극에 의한 새로운 연극의 창조라는 데에 그 본질이 있었다고 생각된다. 원각사극장에서 이인직의 『설중매』[2] 및 김옥균을 주인공으로 한 『은세계』[3] 등이 상연된 것이 바로 그러하다.

다음으로 조선 신극의 제2기 운동으로서 전개된 것이 토월회[4] 운동-다이쇼 12년(1923년)-이다.

이 운동은 분명히 상업주의적인 기성 연극에 대한 연극 지식층의 반항으로 일어났으며, 상업주의를 배격하고 예술의 순수성을 옹호한다는 의식이 투철하였다. 토월회 운동은 이러한 점에서 조선의 신극운동에 새로운 성격과 세계를 가져왔다.

박승희, 연학년, 김기진 등에 의해 상연된 체호프의 『곰』, 톨스토이의 『부활』,[5] 마이어푀르스터의 『알트하이델베르크(Alt-Heidelberg)』[6]

---

2) 1886년에 일본에서 발표된 정치소설 『셋추바이(雪中梅)』를 원작으로 하여 등장인물 및 배경 등을 번안한 소설. 본문의 내용과 같이 이인직이 신극 『설중매』를 상연하였다는 기록이 있어 작자 또한 이인직이라는 설이 있지만, 1908년 회동서관(滙東書館)에서 출간된 판본에는 구연학이 저자로, 이인직은 교열자로 명시되어 있다.

3) 이인직이 집필한 신소설로 1908년 동문사에서 간행되었다.

4) 1923년 도쿄 유학생들이 중심이 되어 결성한 신극운동 단체.

5) 1899년에 간행된 장편소설로 톨스토이의 대표작 중 하나로 꼽는다. 네플류도프라는 귀족청년이 자신의 유린에 의해 타락의 길로 잘못 들어서 살인·절도 혐의로 법원에 선 카추샤를 배심원으로서 다시 만나게 된 후, 자신의 과오를 뉘우치고 새로운 삶을 추구해 나가는 '부활'의 과정을 그리고 있다. 본문 다음 페이지의 "카추샤 애처롭다"라는 구절 속 카추샤란 이 부활의 여주인공을 가리킨다.

6) 독일의 극작가이자 소설가 빌헬름 마이어푀르스터(Wilhelm Meyer-Förster, 1862~1934)

등은 확실히 조선의 신극운동이 새로운 여명을 만난 것이었다. 그들은 조선 신극운동에 비로소 유럽의 근대극을 소개하였다. 그리고 유럽의 근대연극에서 뛰어난 연극술과 새로운 연극의 연기체계를 배우려 했던 것이다.

그러나 예의 "카추샤 애처롭다" 식의 연출에 의한 톨스토이의 『부활』의 상연은 완전히 시마무라 호게쓰,[7] 마쓰이 스마코[8]의 '예술좌'의 아류에 지나지 않았다.

이러한 번역극의 소개방법 안에 이미 토월회 그 자체가 만년 신극의 직업화를 노려서 결국에는 비속화하고, 몰락해 가지 않을 수 없는 소인을 지니고 있었던 것이다. 따라서 토월회 운동의 특질이랄까, 성격이 여기에 있었다 해도 좋다.

그 후에 온 것이 '극예술연구회[9]'-쇼와 5년(1930년)-의 실험실적인 신극운동으로, 이를 조선신극의 제3기 운동이라 간주할 수 있을

의 희곡으로, 1901년 베를린 극장에서 초연이 이루어졌다.

7) 시마무라 호게쓰(島村抱月, 1871~1918)는 일본의 문예평론가이자 연출가, 소설가이다. 신극운동의 선구자 중 한 사람으로 신극의 대중화에 크게 공헌하였는데, 자신이 주축이 되어 결성한 극단 예술좌(藝術座)를 중심으로 왕성히 활동하던 중 1918년 당시 유행했던 스페인 독감으로 급사하였다.

8) 마쓰이 스마코(松井須磨子, 1886~1919)는 일본의 신극 여배우로 1911년 문예협회(文藝協會) 제1회 공연 중 『인형의 집』에서 주인공 노라 역을 맡아 호평을 받았다. 이후 시마무라 호게쓰와 함께 예술좌를 결성하였고, 당시 상연한 톨스토이의 『부활』에서 그녀가 부른 「카추샤의 노래」는 굉장한 인기를 누렸다. 1918년 호게쓰가 병사하자 약 2개월 뒤 자살로 생을 마감하였다.

9) 진정한 신극의 수립을 목표로 서울에서 1931년에 창단되었던 극단으로, 1938년 일제에 의해 강제로 해산되었다. '실험무대'라는 직속극단을 설치하고 연구생들을 중심으로 활동하였는데, 창단 공연은 1932년 조선극장에서 홍해성이 연출한 고골리의 『검찰관』이었다.

것이다.

이 운동은 오사나이 가오루[10]의 쓰키지소극장[11]적인 연극 조류를 의식적으로 이입하는 일에 노력을 기울였다. 홍해성, 유치진 등의 손에 의해 연출된 고골리의 『검찰관』, 체호프의 『벚꽃동산』, 입센의 『인형의 집』 등이 그것이다.

오사나이 가오루가 스타니슬랍스키[12]의 '예술좌'적인 체계를 이식한 것처럼, 고골리의 『검찰관』과 체호프의 『벚꽃동산』에서 홍해성은 오사나이 가오루의 쓰키지소극장적인 연출방법을 모사하였다.

이러한 운동이 이인직의 원각사극장으로부터 발전·계승되어 온 조선 신극운동의 역사적인 모습이다. 그러나 이 시대는 북유럽적인 신문화의 의식적인 수입기로, 이들 신극운동은 정확한 의미에서 참된 조선적인 연극운동은 아니었다.

이들의 운동은 조선적인 생활과 조선적인 사고형식과는 연이 없는 외래문화와 재래문화의, 무질서와 혼합에 의해 만들어 내어진 기형적인 문화 양상을 구축한 것이 다름 아니다. 이 사실은 모든 경우에 적용될 수 있는 것으로, 신문화의 수입에 수반되는 과도기

---

10) 오사나이 가오루(小山內薰, 1881~1928)는 메이지 말부터 다이쇼, 쇼와 초기에 걸쳐 활약한 일본의 극작가, 연출가이자 비평가.

11) 쓰키지소극장(築地小劇場)은 독일에서 귀국한 히지카타 요시(土方与志, 1898~1959) 와 오사나이 가오루가 1924년 도쿄 쓰키지에 세운 일본 최초의 신극 전문극장이다. 실험적이고 비상업주의적인 공연과 신극배우의 육성, 서구 근대극의 번역극과 창작극의 상연 등에 주력하였다.

12) 콘스탄틴 스타니슬랍스키(Konstantin Sergeevich Stanislavskii, 1863~1938)는 러시아의 연출가이자 배우, 연극이론가이다. 사실적인 수법으로 유명한 독자적인 시스템을 확립하였으며 안톤 체호프의 작품을 연출하여 성공을 거두었다.

적, 일반적인 경향이다. 그중에서 진실로 자국의 특질을 육성하는가, 혹은 그러한 환경도 기력도 없이 단지 단순하게 외래화의 한결 같은 침식에 의해 자기를 줄여버리는가는 그 나라의 성격에 의해 좌우된다.

이 시대의 조선연극은 이러한 관점에서 보자면 굉장히 위험한 시기에 당면해 있었다고 하지 않을 수 없다.

그러나 극예술연구회 말기에 이르러 비로소 '조선 신극은 창작극으로부터…'라는 슬로건과 함께 조선 신극운동 가운데 창작극 운동의 기운이 보여, 유치진의 『버드나무 선 동리 풍경』, 『토막』, 『풍년기』, 송영의 『산상민(山上民)』, 『신임이사장』 등의 창작 희곡이 출현하였다. 정확한 의미에서의 신극운동은 이 시기부터 시작되었다고 말해도 좋을 것이다. 그러나 우리가 여기서 문제 삼고 싶은 것은 이것이 아니다. 문제는 그 후에 온 신극운동의 퇴조와 함께 일어난 혁신적인 의욕에 불탔던 연극운동이다.

물론, 조선의 신문화는 주로 외래문화의 혜택을 더 많이 받았으며, 문학운동이 그러했듯이 연극운동 그 자체도 앞서 서술한 것과 같이 유럽적인 자연주의 연극운동이 이식된 것임은 여러 번 말할 필요도 없다. 이 자연주의적인 것의 사상적인 근원에는 현실의 폭로, 현실생활의 부정을 추구하는 것이 있으며, 이 자연주의적인 예술운동이 더욱 성장한 것으로 자연주의적인 이념이 있다.

조선의 신극운동은 자연주의로부터 출발하여 자유주의적 리얼리즘의 혼돈스러운 미혹 속에서 결국에는 발전을 이루는 일 없이 위축되어 버렸다. 이 리얼리즘은 지나사변13)을 계기로 하여 모든 외래문화의 붕괴와 더불어 그 운명을 함께하지 않을 수 없게 되었다. 여기에 조선신극의 비극이 있으며 고민이 있었다. 이 시기에 조선의 연극인은 회의(懷疑)하고 고민하고 머뭇거리며 그 나아가야 할 방향을 발견하지 못하였던 것이다. 신극이 신극으로서의 고매한 정신을 잃고, 희곡은 주제의 빈곤과 비평정신의 상실이 부르짖어지고, 연극인은 극도로 피폐하여 생활면에서는 빈궁의 극에 달하였다. 조선의 신극이 이러한 난항을 계속하고 있는 사이에, 상업주의 연극은 비속한 연극 세계 속에 연극 본래의 모습을 매몰시키고 속악(俗惡)한 관객과의 보기 흉한 야합을 하였다. 여기에서 조선의 연극운동은 완전히 그 방향을 잃고, 혼란 상태를 보였던 것이다.

지나사변의 발발을 계기로 조선연극인들 사이에는 이 새로운 사태에 대한 각성과 반성의 기운이 현저해져 갔다. 이미 연극인 중 일부에서는 연극 혁신의 목소리가 일어났다. 연극정신을 상실하였던 신극운동과 난립상태를 드러내고 있었던 상업연극의 모든 조류, 이 위대한 현실에 직면하여 조선의 연극운동이 짊어진 이 엄숙한 사실을 해결하고, 새로운 국면을 타개해 가야만 했던 것이다.

1940년 말, 당국의 알선에 의하여 결성된 것이 조선연극협회14)이

---

13) 지나사변(支那事變)이란 1937년 7월 7일 베이징 교외의 노구교(盧溝橋) 사건을 계기로 시작된 중일간의 장기간에 걸친 대규모 전쟁을 가리킨다. '지나사변'이라는 명칭은 당시 일본정부가 공표한 것인데, 현재는 이후의 '태평양전쟁'까지를 포함하여 '중일전쟁(Sino-Japanese War)'이라는 명칭이 많이 사용된다.
14) 1940년 12월 일제가 연극을 통제하기 위하여 '연극의 향상과 지도 및 연극인의

다. 이 협회의 결성에 의하여 혼돈스러운 상태였던 조선의 연극운동은 재출발하지 않을 수 없었던 것이다.

조선연극협회는 말할 것도 없이 조선연극인의 국민적인 자각과 국민연극 창조를 향한 열의에 의해 만들어진 것으로, 이 운동에 의하여 조선의 연극은 하나의 커다란 지표를 향해 총력을 집중할 수 있는 토대와 체제를 다듬었던 것이다.

조선연극협회의 결성은 조선연극의 자유주의적, 개인주의적 내지는 예술지상주의적인 연극운동과의 결별과 국가가 총력을 기울여 싸워내야만 할 참된 전쟁완수를 향한 커다란 목표를 위하여 조선연극을 재건하려는 운동으로서 일어났다.

조선연극협회의 결성을 전후로 하여, 조선에는 백 개에 가까운 상업극단과 극예술연구회의 후신인 '극연좌(劇研座)', '낭만좌', '중앙무대' 등 소수의 신극단체가 있었다. 이 백에 가까운 상업극단은 말할 것도 없이, 소위 신극적인 방법을 따라가던 극단에서도 희곡 주제의 빈곤화, 지도정신의 상실, 연출·연기의 기술적인 매너리즘 등등, 연극운동으로서의 존재가치를 완전히 잃어버리고 있었다.

이러한 노도의 시대이기에 조선연극협회는 연극인의 황국신민으로서의 단련과 국민적인 창조방법의 수립, 농·산·어촌, 산업전사(戰士)를 위한 건전한 오락·연극의 제공, 불건전한 극단의 숙청 등

보호'라는 명분 아래 강제로 결성한 단체로, 당국의 지침을 받아 연극인 및 연극단체를 관리하였고 이 협회에 가입하지 않은 극단은 전국 어디에서도 무대에 설 수 없도록 통제하였다.

의 커다란 이상을 향하여 정신(挺身)하였다. 이 국민연극의 창생기에 조선연극인은 황국신민으로서의 재단련을 요구받았다. 새로운 국가적 이념에 기초하여 정신해야 할 문화전사로서의 중책을 짊어지고 일어서야만 했다. 이 위대한 현실에 직면하고 당황하여, 또는 지도 이념을 적극적으로 추종한 나머지 편승적이고 생경한 국민연극의 창조에 대해 갈피를 잡지 못하였다. 이러한 혼란스러운 세대 속에서 조선의 연극인은 유럽적인 자유주의적 연극을 정신적으로 청산하였다. 그리고 국민으로서의 자각과 동양적인, 나아가 대동아적인 문화유산에 대한 올바른 사고를 시작하였다. 난립상태를 보이고 있던 상업연극을 하는 여러 극단에는 대숙청이 가해졌다.

이 기간에 모색하며 망설이고 있던 진지한 연극인들은 새로운 국민적 정열과 고매한 연극정신의 파악에 따라 새로운 극단의 탄생을 꾀하였다. 유치진, 함대훈, 주영섭 등에 의해 창설된 '현대극장'15)이 그것이다.

1941년 4월 그 창립공연에는 유치진 작, 주영섭 연출에 의한 『흑룡강』을 상연하였다. 그 성과에 관해서는 각종 비평이 있었는데 어쨌든 젊은 조선의 국민연극으로서 새로운 경지를 개척하여 국민연극으로서의 바탕을 창조했던 것이다.

그 해 가을에는 오랫동안 중간 연극적인 방향을 더듬어 오던 '극단고협(劇團高協)'16)이 에토 요시노스케(衛藤吉之助) 원작, 박영호 각색,

---

15) 1941년 3월 조선총독부 당국과 당시 연극계의 지도적 인물들이 담합하여 조직한 단체로 일제의 전쟁 완수에 협력적인 활동을 이어갔다.

안영일 연출에 의한『가두(街頭)』,『동백꽃 피는 마을』등을 상연하고, '극단아랑(阿娘)'17)에서는 김태진 작, 안영일 연출의『칭기즈칸(成吉思汗)』, 송영 작『삼대(三代)』등을 상연하여 조선의 국민연극으로서의 방향을 다양하게 하였다.

『흑룡강』에서는 만주개척민의 생활을,『가두』에서는 국토방위사상을,『동백꽃 피는 마을』에서는 지원병을,『칭기즈칸』에서는 동양의 영웅을,『삼대』에서는 반영미적(反英米的)인 주제를 각각의 연출 세계에서 개괄하였다. 이들의 연극은 모두 조선연극인의 성의와 진지한 노력에 의하여 창조되었던 것이다.

이 시기에 조선의 연극인은 국민연극에 대한 이념적인 탐색을 시도하고, 국민극에 대한 끝없는 애정을 바쳤다. 이들 모두의 작품 활동이 매우 철저히 국민연극에의 숭고한 이념에 의하였던 것은 물론이나,『흑룡강』,『가두』,『동백꽃 피는 마을』,『칭기즈칸』,『삼대』와 같은 여러 작품이 실로 높은 예술적인 매력을 지니고 형상화되어 있었는지 어떤지는 아직 비판의 여지가 있다. 그러나 젊은 조선의 국민연극이 이 노도의 한 가운데에서 이들 여러 작품을 낳았다는 것은 높이 평가해도 좋을 것이다.

조선의 국민연극은 이렇게 참으로 다난한 세대를 통과하면서 위

---

16) 1939년 고려영화협회가 조직한 극단이며 경기도 고양군에 '고협촌'을 만들어 집단생활을 하면서 영화제작과 공연활동을 전개하였다. 1941년에는 조선총독부의 강요에 의해 조선연극협회에 다른 8개 극단과 함께 가입하였다.

17) 1939년 결성되었으며 고협과 마찬가지로 조선연극협회에 강제로 가맹하여 소위 일제의 전쟁완수에 협력적인 연극을 상연하였다.

축되는 일도 없고, 또 비굴하지도 않았다. 건강한 성장을 해 나갔다. 예를 들어, 국민연극 이념의 활발한 개진과 이동연극의 전개 등은 그 좋은 증거이다.

이 성장의 한 가운데에는 조선연극의 통제 지도 기관인 조선연극협회가 있는데, 1942년 7월 조선연극협회의 발전적인 해산에 따라 조선에서의 연극, 연예의 통일적인 지도단체로서의 조선연극문화협회의 탄생을 보았다. 조선연극문화협회의 성립에 따라 조선의 연극 연예는 문자 그대로 발전적인 비약을 이루고, 투쟁하는 연극으로서의 결전 체제를 확립하였다.

이와 같이 정비된 조선의 연극은 과거의 연극 유산의 재비판과 새로운 국민적인 연극의 지도이념의 확립에 매진하였다.

먼저 낡은 조선적인 향토 예술에 대한 재인식과 구시대적인 문화 유산인 자유주의적, 개인주의적인 예술지상주의 연극에 대한 무자비한 투쟁에 의한 결별-그러나 그것은 무비판적인 기장(棄場)이 아닌, 어디까지나 새로운 국민연극 창조에 이바지하기 위한 정당한 계승에서였다.

우리들이 직면한 이 위대한 결투 체제는 연극으로 하여금 단지 단순한 문화적인 온상 속에 머무르는 것을 허용하지 않았다. 연극은 이미 전쟁 완수를 위한 연극정신대로서 문화전(文化戰)에 참가하지 않으면 안 되는 사태에 이르렀던 것이다. 조선의 모든 문화-연극-은 이 현실을 주시하고, 이 정치적인 전환에 수반하여 이들 사명을 완수하는 것이 본래의 사명이기도 하다. 육군특별지원병제의 실시로부터 징병제도로의 발전, 그리고 또 해군특별지원병제도의 설립이라는 역사적인 사실을 조선의 국민연극운동은 정치보다 앞서서, 또는 이들의 새로운 사명을 민중 속으로 침투시키기 위하여 민중의 선두에 서서 용감하게 매진해야만 하기에 이르렀다.

조선의 연극인은 이들의 사태에 즉응하여 모든 결의와 정열을 이 운동-결전연극의 확립에 정신하였다. 1942년 7월, 조선연극문화협회 결성으로부터 현재에 이르기까지의 모든 연극 활동은 모두 이 노선에 따라 수행되었다. 작가도 연출가도 연기자도 그리고 기타 모든 연극 예술가는 일본이 떠맡고 있던 큰 이상으로 귀일(歸一)한 것이었다. 이 사이에 행해진 주된 연극 활동은 '현대극장', '극단아랑', '극단고협', '청춘좌'18), '극단성군(星群)'19) 등에 의해 이루어진 연극 활동일 것이다.

'현대극장'에서는 유치진 작, 주영섭 연출의 『북진대(北進隊)』, 함세덕 작, 서항양(徐恒錫) 연출의 『에밀레종』 등이 그 가장 뛰어난 공연 활동이었다. 이 극단이 예전의 극예술연구회 시대부터의 유치진, 서항양 등을 중심으로 가장 진지한 연극 활동을 계속해왔다. 그러나 최근의 유치진 작 『춘향가』의 공연과 『에밀레종』의 성보악극단

---

18) 1935년에 설립되었던 동양극장의 전속 극단으로 당초에는 대중적이고 상업주의적인 연극을 표방하였다.

19) 청춘좌 등 동양극장의 전속 극단이 통합되어 1936년 호화선으로 개편되었는데, 이것이 1941년 다시 성군으로 개명하여 재창립공연을 가졌다. 성군은 광복을 맞이하면서 자연스럽게 해체되었다가 1947년 호화선의 이름으로 일시적으로 재건되었으나 같은 해 다시 해산되었다.

과의 제휴 공연 형태는 양심적인 연극 행위라고는 할 수 없다.『에밀레종』은 신라시대의 전설에서 제재를 취한 것으로, 이 전설이 지니는 방효(芳酵)한 혼을 다루어 내선일체의 모습을 그 시대의 현실에 반영시켜서 하나의 정신적인 전통을 그리려고 한 국민연극에 적합한 희곡이다. 이 희곡이 리뷰(revue)화된 공연 형식에 의해 속화(俗化)한 것은 유감이라는 세간의 평이었다. '극단아랑'과 '극단고협'의 양 극단은 상업극단으로서의 오랜 역사를 지니고 있는 극단으로, 이 극단들은 전속작가, 연출가를 데리고 있지 않은 것이 특징이다. '극단아랑' 또 '극단고협'의 경우에도 그때마다의 공연에 프리랜서인 연출가, 작가에게 작품을 의뢰하고 있다. 그로 인해 실제 공연 활동은 '현대극장'보다도 그리고 또 어느 극단보다도 질 높은 공연 활동을 하고 뛰어난 연기 기술을 지니고 있으면서도, 극단으로서의 무성격과 작품, 연출, 연기의 명확한 체계를 갖고 있지 않은 요인이 여기에 있다.

1942년 1월 '극단아랑'에서 상연한 김태진 작, 안영일 연출에 의한『칭기즈칸』, 송영 작『삼대』와 '극단고협'에서 상연한 에토 요시노스케 원작, 박영호 각색, 안영일 연출에 의한『가두(街頭)』등은 완전히 조선연극의 가장 높은 수준을 보인다. 그럼에도 극단적 성격의 부재와 연기 기술의 무체계로 인하여 '극단아랑', '극단고협'이 현대 조선신극의 대표로서 남지 못하는 것이 대단히 유감스럽다. 이 양 극단은 양심적이고 진지한 극작가와 연출가를 맞이하여 체계가 있는 높은 국민연극 창조를 위해 노력해야만 한다. 언제까지나

이렇게 수공업적인 거래를 해서는 이 양 극단의 발전은 바랄 수 없을 것이다.

경성에서 유일한 전문극장으로 존재하는 동양극장은 두 개의 극단-'극단성군', '청춘좌'-을 데리고 있다. 동양극장을 근거지로 하여 연극 활동을 계속하고 있는 이 양 극단은 가장 유리한 조건에 있는듯하지만 실은 그렇지 않다. 그것은 동양극장의 성격 때문인데, 어떤 이유에서인지 '극단성군'의 경우에도 '청춘좌'의 경우에도 유능한 작가, 연출가가 참가하고서는 결과적으로는 성격을 시정(是正)하는 것에 성공하지 못하고 퇴진하고 있다.

경성에서 유일한 연극전문 극장을 이와 같은 환경에 두는 것은 실로 유감스럽기 그지없다. '극단성군'에서는 박영호 작, 허운 연출에 의한『이차돈』, 김태진 작『백마강』, 이광수 원작『사랑(愛)』을 이서향이 연출한 것이 가장 대표적인 연극 활동이다. 그 후에 이렇다 할 활동도 확인되지 않고 현재에 이르고 있다. 다만 1943년 9월 '극단성군'에 의해 상연된 김광주 작, 한로단 연출에 의한『북경야화』가 국민연극으로서의 명맥을 약간 지니고 있다. 이『북경야화』 상연을 전후로 하여 행해진 '극단태양' 창립공연의 김태진 작, 안영일 연출에 의한『그 전날 밤』은 반영미적인 이념을 주제로 한 것으로 최초의 조선군보도부 추천작품으로서의 영예를 안았다.

그 외에 조선연극문화협회에는 16개 단체의 연극극단과 11개 단체의 악극단이 가맹하여 있는데, '극단아랑', '현대극장', '극단고협', '극단성군', '청춘좌', '극단태양'을 제외한 기타 극단은 그 연극의 수준이나 극단적 성격으로 보아 그 질이 대동소이하다. 따라서 여기에서는 그 활동 정세를 생략하기로 하였다.

조선연극협회 결성 당시로부터 현재까지 가장 활약한 극작가는 유치진, 송영, 김태진, 함세덕, 박영호 등이며, 연출가에는 나웅, 이서향, 김창근, 안영일 등의 인물들이 있다.

2. 제1회 연극 경연대회

1942년 가을에는 경성에서 조선연극문화협회 주최, 조선총독부 정보과, 조선군보도부, 국민총력조선연맹, 경성일보, 매일신보 등의 후원에 의한 제1회 연극 경연대회가 거행되었다. 제1회 연극 경연대회는 2개월에 걸쳐 거행되었는데, 그 참가단체는 '현대극장', '극단아랑', '극단고협', '극단성군', '청춘좌'의 다섯 단체였다.

조선연극문화협회로서는 이 연극 경연대회에 대해 특별히 정치적인 과제를 요구하지 않았다. 단지 이 연극 경연대회를 통하여 참된 조선 연극인의 열의와, 국민예술가로서의 긍지를 지니고 국민연극이라는 것이 어떠한 것인가를 극장인 자신이, 그리고 또 관객에게 철저히 하여 우수한 국민연극의 새로운 길을 열어 가려는 염원에 다름 아니었다. 이 연극 경연대회는 세찬 역사의 흐름의 가운데에 자리하여 조선연극인의 아름다운 정열과 고운 협동정신에 의한 진지한 연극행동으로서 나타났다. 심사 방법은 연극기술자, 문학자, 일반 문화인 및 정보과, 경무국, 조선군보도부 등에서 선출된 심사원과 참여에 의하여 이루어졌다.

'극단성군'은 박영호 작, 이서향 연출의 『돼지』(4막 5장)를, '극단아랑'은 김태진 작, 안영일 연출의 『행복에의 계시』(4막 9장)를, '현대극장'에서는 유치진 작, 서항석 연출의 『대추나무』(4막)를, '극단고협'은 임선규 작, 김창근 연출의 『빙화(氷花)』(4막 6장)를, '청춘좌'에서는 송영 작, 나웅 연출에 의한 『태풍』(3막 5장)을 각각 상연하였다. 이들 작품은 더러는 증산(增産)을, 무의촌(無醫村)의 문제를, 인간 애정의 진실을, 각각의 각도에서 다루었다. 그리고 이들 작가, 연출가는 조선에서 가장 양심적인 중견 연극인이다. 다라서 우리들은 이 연극 경연대회의 성과를 조선연극의 최고봉이라 보아도 무방할 것이다.

대체 국민연극이란 어떠한 것인가. 값싼 정치에의 추종을 그리고 저속한 관객에의 무의미한 타협을 가지고 국민연극의 사명은 끝났다고 해도 좋은 것인가. 그렇지는 않다고 생각한다. 적어도 조선의 국민연극은 조선적인 생활과 사고형식과 팔굉일우(八紘一宇)의 국가 이념의 완성에 의해 성립되어야만 할 것이다. 그리고 조선의 국민연극은 어디까지나 일본연극의 일환이며, 부분이어야만 한다. 조선 국민연극의 정상적인 발전은 반드시 일본연극에 하나의 플러스가 될 것이라 확신한다.

조선의 국민연극은 이 방향을 따르려고 노력하였다. 그리고 이 제1회 연극 경연대회를 통하여 조선의 연극인은 총력을 기울여 실로 일본적인 그리고 일본의 문화재가 될 만한 연극운동으로서의 일익(一翼)을 창조하려고 하였다. 이 연극 경연대회에서 우리들은 국민연극이라는 것은 공허한 정치이론의 외침도, 안일한 현실에의 타협도 아니라는 것을 명확히 확인하였다. 그리고 국민연극은 이 위대한 현실, 이 거센 흐름 속에서 결연히 일어서는 새로운 형의 인간상(像)을 창조하는 것에 있으며, 예술 위에서의 미(美)와 힘의 운동이라는 것을 배웠다. 제1회 연극 경연대회의 성과는 여기에 있었다. 이 운동(연극 경연대회)을 통하여 조선 연극인은 조선의 국민연극이 예상 이상으로 성장하였음을 확인하였다. 이 3년간의 국민연극의 다난한 세태 속에서 조선의 연극인은 묵묵히 자신의 길을 밟아왔다. 노력해 왔다. 낡은 자유주의적인 예술운동에 대해서는 오히려 냉혹한 투쟁도 시도하였다. 그 성과가 여기에 있었다.

그러나 이것에 의해 조선의 국민 연극운동이 성인이 되었다고 생각해서는 안 된다. 제1회 경연대회에서 큰 성과를 거두었다고 하여도, 아직 그 창조방법 중에는 생경한 소재의 나열이 있으며, 무의미한 사건에 대한 요설(饒舌)이 있다. 이것은 조선 연극인의 금후의 연극 활동에 의해 시정되어 가지 않으면 안 된다.

제1회 연극 경연대회는 2개월에 걸쳐 전 연극인의 흥분과 긴장의 한 가운데에서 11월 하순 완전히 종료되었다. 그리고 그 결과는 앞서 서술한 심사위원회에 의해 다음과 같이 심사 발표되었다.

극단상(총감독)은 '극단아랑'과 '극단고협'의 두 극단에게 수여되고, 작품상은 유치진, 연출상에는 나웅, 안영일의 두 사람과, 연기상은 서일성, 황철, 박학, 김선초, 김양춘, 유경애의 여섯 명에게 주어졌다. 이들 개인상은 조선총독부 정보과장상, 조선군 보도부장상, 국민총력조선연맹선전부장상, 황도(皇道)문화협회장상, 조선연극문

화협회장상, 경성일보사장상, 매일신보사장상 등 화려한 리본으로
장식되어 조선 국민연극 최초의 제전을 활기차게 만들었다.

3. 이동연극에 관하여

다음으로 조선의 이동연극의 활동에 관하여 다뤄 보자.

조선의 이동연극운동은 1940년 말, 조선연극협회 결성과 함께 최초로 발족하였다. 내지의 이동연극운동이 그러하였듯이 조선의 이동연극운동 또한 문화신체제운동을 근원으로 발하였다.

대체로 현재까지의 일반문화는 지나치게 도시에 편재해왔다. 이는 지금까지의 시민문화의 커다란 결함인데, 조선에서 특히 그러한 느낌이 심했다. 이에 조선연극협회의 성의 있는 노력에 의해, 농·산·어촌의 문화(오락) 혜택을 받지 못하고 있는 산업전사에게 건전한 오락을 제공하는 것을 그 목적으로 하여, 이동극단 제1대(隊)를 조직하였다. 조선의 이동극단은 근로오락의 확립, 지방문화의 앙양, 철저한 시국인식, 대동아전쟁을 위한 연극의 정신(挺身)이라는 커다란 지표를 세우고 조선 국민연극의 정신대로서 정진하였다.

이동극단 제1대는 야나가와 조안(柳川長安)[20]을 대장으로 22명의

---

20) 연극인이자 영화감독이었던 유장안(柳長安)의 일본식 이름.

대원으로 조직되었는데, 1941년 가을 활동을 개시한 이래로 농·산·어촌, 공장지대로, 또는 광산지대로 교통이 불편한 벽지에서 많은 고난을 물리치면서 지방문화 건설과 생산 대중을 위한 건전오락의 제공이라는 커다란 역할을 완수하였다.

이번 대동아전쟁은 낡은 체제의 파괴에 의한 새로운 역사의 창조와 동시에 새로운 문화의 건설에도 그 획기적인 특질이 있다. 이동연극이야말로 낡은 것의 파기에 의한 새로운 문화(연극) 건설의 핵심적인 운동이다. 종래의 연극 문화는 농·산·어촌에서의 연중행사적인 예능을 제하고는 전부 도회적인 시민문화였으며, 좋은 의미든 나쁜 의미든 도시 생활자의 취미와 취향을 반영하여 발전해 왔다. 그로 인하여 현대의 문화(연극)은 널리 국민 전체의 현실적인 생활과 결부되지 못하고, 국민 대중으로부터 유리된 관념적인 잘못된 문화(연극)이였다. 지금 조선 연극인은 이 사태를 시정하고 현대의 연극을 진실로 국민 대중 전체와 올바르게 결합시켜 참된 국민 문화재로서의 가치를 지니게 하고, 또한 연극 예술 본래의 길로 환원시키지 않으면 안 된다. 여기에 이동연극이 나아가야 할 지침이 있다. 이동연극의 혁신성은 연극운동의 사소한 부분에 있는 것이 아니라 전체적인 것으로의 발전에 있다.

이동극단 제1대는 1941년 가을 경기도 강화도에서 그 첫걸음을 내딛은 이래로, 전 조선 각지 250여 개 소, 공연 횟수 344회, 관객 동원 수 59만 9천 명이라는 경이적인 숫자(1943년 8월 현재)를 나타냈다. 이 이동극단의 눈부신 활동은 조선 국민연극의 꽃이며, 1941년

도의 '신태양'사가 신설한 조선예술상을 수여한 이유도 여기에 있다.

이동극단 제1대는 1942년 봄, 제1회 보고중앙공연을 열어 송영 작 『춘파(春波)』(나웅 연출)와 송영 작, 안영일 연출의 『연극정신대』를 상연하여 조선의 국민 연극운동에 새로운 모습의 혁신 연극으로서 봉화를 세웠다. 창립 당초부터 현재에 이르기까지의 기간 동안 이 동극단 제1대가 상연한 주된 각본은 송영 작 『유훈(遺訓)』, 『야생화』, 『주부경제』, 박춘강 작 『명랑한 총성』, 전건 작 『지하악수(地下握手)』, 이서구 작 『익모초(益母草)』, 유치진 작 『대추나무』 등인데, 이 극단 은 유랑, 김종수, 손보라, 허영진, 조현, 안복초, 이순 등의 훌륭한 연기자를 데리고 있다.

이동극단 제2대는 1943년 봄까지 악극단적인 성격을 지니고 활동하였는데, 현재는 인적 조건 등의 이유로 인하여 일시 정지 상태이다. 그러나 이동연극에 대한 치열한 요망에 답하여 곧 체제를 정비하고 재출발을 예정하고 있다고 들었다.

이동연극은 국가의 요청에 응하여 산업 전사들에게 내일로의 생활의 식량을 주고, 그것을 통하여 건실한 사상 함양을 위하여 그 예술적(연극적) 예능을 충분히 발휘하지 않으면 안 되는데, 이 커다란 사명을 짊어지고 있는 젊은 조선의 이동연극에게 이 사명을 완수하는 것은 너무나도 고난의 길이다. 이동극단의 제군은 산업 전사에게 오락을 제공하는데 몸을 바치고 있는데, 그들에게는 생활에 대한 또 연극에 대한 고난이 지나치게 컸다. 게다가 건설적인 희망과 새로운 의욕이 주어지지 못했던 것이다. 지금이야말로, 이동연극의 정상적인 성장과 발전을 위하여 이들 연극 전사들에게 아름답고 강한 희망과 교양을 주지 않으면 안 된다.

4. 배분 순회공연(配分巡演)과 그 방법

조선연극문화협회는 결전 연극체제를 정비하자 극단과 관객과의 긴밀한 제휴를 주안으로 하여 1943년 9월, 협회 가맹단체에게 전 조선 각지에 원활하고 적정한 배분 순회공연(配分巡演) 제도를 설정 하였다. 배분 순회공연에 관해서는 배분 연락위원회를 설치하여 조선 전역을 네 구역으로 구분하고 협회와 계약한 극장에 협회에 가맹한 모든 극단을 네 개 반으로 나누어 번갈아 배분하기로 하였다. 이는 종래의 흥행방법에서 극장 측의 중간착취를 제외시키고 극단 측에 유리하게 하기 위함과, 각 극단이 한 지방에서 집중 공연하는 것에 따른 각종 폐해를 시정하는 것이 그 목적이기도 하다. 극단 측에게는 이로 인하여 생기는 이윤의 일부를 협회에서 거두도록 하고 있다.

조선연극문화협회로서는 이 경제적인 원조에 의하여 연극인 양성기관으로서의 연극연구소를 설치하고 수련도장(道場)을 창설하여 새롭고 건전한 연극인의 양성과 기성 연극인의 재교육 등을 꾀하며, 연극 기관지(誌)를 발행하고 종래의 자칫하면 공부에 소홀하고 태만하기 일쑤인 연극인들을 실로 건설적인 문화인으로서의 연극인으로 재교육하려고 기획하고 있다.

그리고 순회공연 방법으로는 한 달 안에 한 극단이 한 극장에 대해 1등 지역(경성, 평양, 대구, 부산, 청진)은 삼일 간, 2등 지역(진남포, 인천, 대전, 신의주, 개성, 군산 등)은 이틀 간, 3등지는 하루 씩 약 20일 간을 순회공연하는 것을 원칙으로 하고 있다. 이 방법에 따라 조선의 연극은 그 중간착취로 인한 생활의 불안을 걱정하는 일 없이, 연극 행동을 계속해 가는 것이 가능하다. 이는 조선연극문화협회의 획기적인 방향으로 그 장래가 주목된다.

5. 제2회 연극 경연대회

다음으로 1943년도의 제2회 연극 경연대회가 9월 중순부터 12월 중순까지 3개월에 걸쳐 경성부민관에서 거행된다. 이 연극제전이 지니는 의의는 연극기술진을 총동원하여 조선의 국민연극을 집중적으로 앙양하려는 점에 있다. 특히 이 대회에서는 단막극의 국어극(國語劇)을 상연하기로 하였다. 이 연극 경연대회의 가장 중심적인 의도는 결전연극의 확립에 있는데, 대회 참가에 요구하는 취지는 주로 "생활 확충과 징병제도를 제재로 하여, 일본정신을 강조하는 예술적 가치가 큰 것이어야 한다."고 되어 있다. 여기에서도 약진하는 조선연극의 정치적인 중요성을 엿볼 수 있을 것이다.

제2회 연극 경연대회에 참가하는 극단은 '현대극장', '극단아랑', '극단고협', '극단성군', '청춘좌' 등의 제1회 연극 경연대회 참가 단체 외에, 새롭게 '극단태양', '예원좌(藝苑座)', '황금좌'의 세 단체가 추가로 참가하기로 하였다. 아마도 조선의 국민연극은 이 경연대회를 중심으로 하여 그 전모를 알 수 있게 될 것이다.

6. 신극의 장래에 기대한다

이상이 투쟁하는 조선연극의 대략적인 모습이다. 조선의 국민 연극운동은 1940년 말의 조선연극협회 결성 이래로 때로는 머뭇거리거나 고민하고 또 때로는 생경한 공리주의적인 연극의 일탈을 경험하기도 하였다. 그러나 이러한 현상은 국민연극에 대한 젊고 정열적인 의욕의 발로에 다름 아니었기에, 그동안의 다소의 지나침과 여러 가지 잘못은 마땅히 용서받아야 할 것이다.

조선의 신극운동은 상업주의 연극에 대한 지식계급의 연극적 반항으로서 일어났다. 그리고 국민 연극운동은 이 지식계급에 의해 계승된 자유주의적인 연극운동에 대한 국민적인 자각에 따라 운동으로서 설정된 것이었다. 조선의 국민연극은 이 낡은 문화적 잔재에 대하여, 자유주의에 대하여, 개인주의적인 예술지상주의에 대하여 과감히 도전하였다. 그리고 이 투쟁 속에서 새로운 연극을 설정해가고 있는 것이다.

조선연극문화협회가 진실로 국민 연극운동의 장래를 생각하고, 연극 배분 순회공연 체제를 중심으로 연극인의 재훈련과 극단 경영의 경제적인 옹호에 그 선수(先手)를 든 것은 현명한 일이었다. 뒤돌아보면 조선의 연극운동은 쓰보우치 쇼요(坪內逍遙)21)의 문화협회 결성 시대를 전후로 하여 그 운동이 일어나, 조선의 문학운동과 마찬가지로 자연주의 운동의 한 가운데에서 성장하였다. 그러나 조선의 문학운동이 40대, 50대의 작가를 다수 지니고 있었던 것에 비하여, 연극운동은 얼마나 쓸쓸했던가. 이것은 연극운동의 다난함을 이야기함과 동시에, 종합 예술로서의 형성과정의 난삽함에도 그 원인이 있다고 하겠다. 그러나 조선의 연극운동이 언제까지나 20대의 연극청년적인 운동으로서 그 어린 모습을 노정하고 있어서는, 조선연극 백년대계는 실로 이루어질 수 없다.

조선의 연극은 숭고한 지성적 정신과 고상한 교양과 선의에 의해 새로운 국민적 연극의 창조에 매진하지 않으면 안 된다. 그를 위해서는 먼저 일단 비속한 연극 세계와 결별해야만 할 것이다. 조선의 신극인은 상품으로서의 연극을 창조하는 것이 아니라, 높은 문화로서의 연극을 창조해 가는 것에 본연의 사명이 있는 것이다. 이것은 내지의 신극에 대해서도 같은 말을 할 수 있다. 고원(高遠)한 이념에 의해 국민연극의 창조를 관철하고, 모든 연극인의 정열과 성의를 집중시킬 수 있을 때 비로소 조선의 국민연극은 비약적인 발전을 완성할 수 있을 것이다.

---

21) 쓰보우치 쇼요(1859~1935)는 일본의 소설가, 평론가, 번역가이자 극작가이다. 근대일본문학의 성립과 연극개량운동에 큰 영향을 끼쳤으며 셰익스피어 문학의 번역과 연구에도 큰 업적을 남겼다.

부록
— 원저 수록 삽화

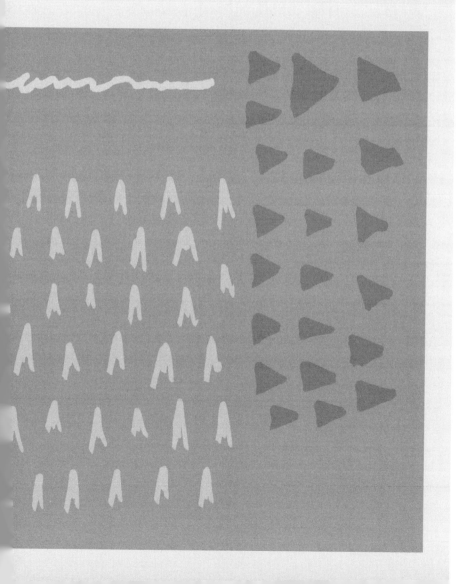

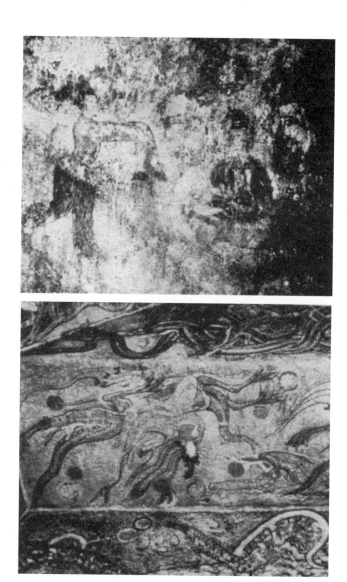

지안(고구려) 무용총의 벽화

봉산탈과 기타 가면들

(위에서부터) 승무, 검무, 「부여회상곡」의 무대

(위에서부터) 신(新)무용 「벚꽃」 무대−상경(上京) 공연.
신악극단의 상경 공연. 「나팔과 부대」 상경 공연

▌역자 해제

본서의 원저인 『조선의 연극(朝鮮の演劇)』(北光書房, 1944年)에서 저자인나미 다카이치(印南高一)는 조선을 비롯한 당시 일본의 식민통치하에 있었던 '동아(東亞) 각지'의 문화사항에 관한 연구조사에서 일본이 서양에 비해 뒤쳐졌다고 언급하며, 일반 대중은 물론 연극사가나 연구가들 또한 조선의 연극에 대해 주목하지 않았다고 지적하고 있다. 가와타케 시게토시(河竹繁俊) 또한 서문에서 『조선의 연극』이 "미개척 영역"인 조선연극의 "서설(序說)로서 사명을 다하고" 있다고 높게 평가하고 있어, 이 책이 간행되기 전까지 일본인에 의한 본격적인 조선연극에 대한 연구가 이루어지지 않았음을 미루어 짐작할 수 있다.

이 같은 상황에서 신극운동을 주도한 쓰보우치 쇼요(坪內逍遙)로부터 이어져 내려온 일본 연극 연구의 중심 와세다대학(早稻田大學) 교수인 인나미와 같은 학자가 간행한 조선연극에 대한 저서는 당시학계에 상당한 영향을 미쳤을 것이다. 그러나 이처럼 중요한 저서임에도 불구하고 지금까지 『조선의 연극』은 한국어로 번역되어 국내 독자들에게 소개된 적이 없었다.

원저 『조선의 연극』은 조선연극을 그 기원에서부터 신극에 이르기까지 포괄적으로 다루고 있다. 다만 본서의 머리말에서 밝힌 바와 같이, 고전극에 관한 부분은 김재철과 정노식의 저작을 번역한 것에 가까울 정도로 완전히 조선 연구자들의 성과에 의존하고 있다는 점에서 아쉬움을 표하지 않을 수 없다. 그에 비하여, 본서의 제1장부터 제4장까지 수록된 내용은 조선연극에 대한 소개뿐 아니라 '일본인' 학자인 저자가 조선연극의 역사와 현상(現狀)을 어떤 관점에서 서술하고 있는지, 또 그 관점이 당시의 식민지 담론과 어떤 연관성을 드러내는지 관찰할 수 있다는 점에서 매우 흥미로운 자료이며, 바로 이 점이 본서의 번역 작업이 지니는 의의라 할 수 있겠다.

그렇다면 과연 저자는 조선의 연극에 대해 어떠한 견해를 드러내고 있으며, 이를 당시 여러 미디어를 통해 생산, 유통되었던 식민지 조선 문화에 대한 담론 속에서 어떻게 자리매김하는 것이 가능한지, 이하 본문의 내용을 들어 살펴보기로 한다.

(1) 원시 민속 예능의 범주에 머무른 조선의 연극

저자는 책의 가장 첫 부분인 '조선연극의 성격'에서 조선의 연극은 엄밀한 의미에서 연극의 범주에 속하지 못하며, 원시 민속 예능에 가깝다고 규정하며 책을 시작한다. 이에 비하여 약 2600년, 적어도 1500년의 유구한 역사를 지닌 일본 연극은 일찍이 원시예능으로부터 탈피하여 노가쿠(能樂), 가부키극 등 순수한 연극으로 발전하였으며 이는 "세계 연극사에서 가장 자랑으로 여기기에 마땅한 일"이자 "야마토(大和) 민족의 편집(編輯)재능의 우수성"을 보여준다고 강조하고 있다. 그러나 천성적으로 연극을 애호하는 성향을 지닌 조선인들은 첫째, 오락을 사도(邪道)라 여기고 이를 비하한 유교의 영향과 권위적인 계급 사회 속에서 권력에 복종하는 "노예근성", 둘째, 물자의 빈곤으로 인한 추진력의 부재와 찰나의 쾌락에 빠져 문화 향상에 무관심했던 양반 계급, 셋째, 쉽게 체념하고 보수적인 조선 문화의 특징과 조선인 특유의 숙명적 인생관에 기인한 자율성 결여 등으로 인하여 그들의 연극을 독자적인 예술 수준에까지 발전시키지 못하였다고 주장한다.

이처럼 '일본 민족의 우수성'과는 대조적으로 '원시적'인 상태에서 발전하지 못한 조선이라는 도식은 일본의 식민지배 정당화에 일조했던 '문명 대(對) 야만'이라는 이항대립 구도와 매우 유사함을 알 수 있다. 특히 일본의 본격적인 식민통치가 시작되기 이전의 조선을 정체되고 무능하며 부패한 사회로 서술하는 부분은, 이 같은 병폐로 인하여 자치능력이 결여된 조선을 '우월한 문명국' 일본이 지배하는 것에 대한 정당화로 이어지는 가장 전형적인 논리라 할 수 있다.[1] 이는 원시 상태에 머무른 조선연극을 비롯한 "공영권의 각 민족의 예능"이 대동아전쟁에 의하여 "더욱 예술적으로 앙양(昂揚)

---

1) 이 같은 문명론에 입각한 식민지배의 정당화에 관해서는 정병호 「20세기 초기 일본의 제국주의와 한국 내 <일본어문학>의 형성 연구-잡지 『조선』(朝鮮, 1908-11)의 「문예」란을 중심으로」(『日本語文學』 제37집, 409-425쪽, 2008년 6월), 「근대초기 한국 내 일본어 문학의 형성과 문예란의 제국주의-『朝鮮』(1908-11)・『朝鮮(滿韓)之實業』(1905-14)의 문예란과 그 역할을 중심으로」(『외국학연구』 제14권 1호, 387-412쪽, 2010년)를 참조.

되고 고도의 수준까지 진전할" 것이며, 이것이 "대동아 전쟁의 목적을 완수하는 하나의 의의"라고 저자가 강조하는 부분에서도 뚜렷하게 드러난다.

(2) 총후(銃後)의 '자발적 참여'를 위한 선전 미디어로서의 신극

본서의 마지막 제4장에서 저자는 조선 신극의 사적(史的) 흐름을 개괄하면서 1940년대 당시 조선 신극의 문제점과 앞으로 지향해야 할 바를 제시하고 있다. 그리고 이 조선 신극의 지향점에 관해서는, 연극은 더 이상 단순한 문화예술로 머물러서는 안 되며 "전쟁 완수를 위한 연극정신대(挺身隊)로서" 그 사명을 다해야 한다는 저자의 주장 속에 명확히 제시되어 있다. 특히 조선의 연극이 정치보다 앞서서 "육군특별지원병제의 실시로부터 징병제도로의 발전, 그리고 또 해군특별지원병제도의 설립"을 "민중 속으로 침투"시켜야 한다는 부분에서는, 저자가 당시 식민지 청년들을 전쟁에 동원하기 위한 선전 미디어로서의 역할을 조선의 신극에 기대하고 있었음을 알 수 있다.

위와 같은 내용은 당시 조선 문화를 다룬 다른 미디어의 서술과 유사한 논리를 보이고 있다. 예를 들어, 1939년부터 인나미의 『조선의 연극』이 간행된 1944년까지 조선에서 발간된 잡지 『문화조선(文化朝鮮)』에서는 1943년 8월 '싸우는 연극'이라는 특집을 마련하였다. 『문화조선』을 분석한 최근의 연구에 의하면 해당 잡지에서 1943년 말부터 전쟁동원과 징병을 선전하려는 목적으로 총후의 조선인들

을 호출하는 특집이 계속해서 기획되었다는 사실을 고려할 때, 이 '싸우는 연극'이라는 특집은 총력전 하에서 선전 미디어로서의 조선연극에 대한 기대가 높았음을 보여준다.[2]

이 같은 조선연극에 대한 시대적 요구는 본서에도 잘 드러나 있는데, 특히 "근로오락의 확립, 지방문화의 앙양, 철저한 시국인식, 대동아전쟁을 위한 연극의 정신(挺身)"이라는 커다란 지표 아래, 도시뿐 아니라 농·산·어촌의 "산업전사"들에게도 건전한 오락을 제공하고 "건실한 사상"을 함양하기 위하여 시작된 '이동연극'에 대한 기술,[3] 또 "생활 확충과 징병제도를 제재로 하여, 일본정신을 강조하는 예술적 가치가 큰" 연극을 가리기 위해 실시된 '연극 경연대회'에 대한 설명 등이 가장 대표적인 부분이라 할 수 있겠다. 이처럼 전쟁 완수를 위해 대중에게 '건전한 오락'을 제공하는 것의 중요성을 역설하는 부분은, 단순한 문화 통제에 그치지 않고 문화의 긍정적 기능에도 주목하여, 전쟁이 주는 긴장과 일상에서 누릴 수 있는 이완을 적절히 조절하면서 당국이 원하는 주체를 창조해나갔던 전시(戰時) 문화 행정의 일단을 보여준다는 점에서도 주목할 필요가 있다.[4]

---

2) 문경연 「『文化朝鮮』(1933~1944)의 미디어 전략과 제국의 디스플레이」『한국문학연구』 제46권, 2014년, 324쪽.
3) 시국 선전을 위한 가장 '가능성' 있는 연극으로서 기대되었던 이동연극에 대한 자세한 사항은 이화진 「전시기 오락 담론과 이동연극」(『상허학보』 제23호, 83-114쪽, 2008년)을 참조.
4) 이화진, 위의 논문, 83-84쪽.

위에서 열거한 내용 외에도, "조선의 국민연극은 어디까지나 일본연극의 일환이며, 부분이어야"하며, 조선 국민연극의 발전은 "반드시 일본연극에 하나의 플러스가 될 것"이라는 저자의 주장 또한 조선 문화를 제국 일본의 한 지방문화로 규정하려 했던 식민지기 담론의 전형적인 예로 간주할 수 있을 것이다.

저자는 자서(自序)에서 "나는 조선이 좋다. 먼저 첫째로 그 풍토, 그리고 인정, 그 모두가 나에게는 큰 매력이다"라고 밝히고 조선에 대한 애착을 드러내며 글을 시작한다. 그러나 바로 뒤 이어서 그는 음악, 무용, 연극 등 "소위 예능에 의한 감정의 직접적인 접촉"을 통해 "조선을 좋아하게" 되는 것이 진정한 "내선일체"를 이루는데 가장 효과적이라고 주장하고 있다. 즉, '애정'으로 수식된 문장 속에 드러난 조선 문화를 바라보는 저자의 기본적인 시각은, 앞서 살펴보았듯이 제국 일본의 한 부분으로서 전쟁완수를 위한 선전도구라는 사명을 띤 조선 문화, 혹은 문명론의 이항대립 구조에 입각한 '열등한' 조선이라는 당시의 담론과 일치하는 것이었다. 이처럼 인나미 다카이치의 저작은 1944년 당시 조선연극에 대한 일본인 학자의 시선을 통하여, 제국 일본의 조선 문화에 대한 인식과 표상 방식에 드러난 정치성을 살펴볼 수 있다는 점에서 검토할 가치가 충분한 자료라 하겠다.

일본인 학자가 본 조선의 연극

초판 1쇄 인쇄 2016년 3월 23일
초판 1쇄 발행 2016년 3월 30일

저 자 인나미 다카이치(印南高一)
편역자 김보경

펴낸이 이대현
편 집 이소정
펴낸곳 도서출판 역락 | 등록 303-2002-000014호(등록일 1999년 4월 19일)
주소 서울시 서초구 동광로46길 6-6(반포4동 577-25) 문창빌딩 2층(우137-807)
전화 02-3409-2058(영업부), 2060(편집부) | 팩시밀리 02-3409-2059
이메일 youkrack@hanmail.net
역락블로그 http://blog.naver.com/youkrack3888

ISBN 979-11-5686-316-8 93810

정 가 10,000원

* 사전 동의 없는 무단 전재 및 복제를 금합니다.
* 파본은 교환해 드립니다.

助成 日本万国博覧会記念基金
Supported by the Japan World Exposition 1970 Commemorative Fund.
公益財団法人 関西・大阪21世紀協会

본서는 정부(교육과학기술부)의 재원으로 한국연구재단
의 지원을 받아 수행된 연구(NRF-2007-362-A00019)임.